アレク
フェイ
ヒルダ

ナージャ
エイル
シグルド

# CONTENTS

# スキル0《ゼロ》冒険者の俺、結婚して龍王の騎士となる

響 恭也

BRAVENOVEL
ブレイブ文庫

# 第1話　冒険者失格の烙印を押されました

「えーっとですね、アレクさん鑑定の結果ですが……」

俺は固唾《かたず》を呑んでギルド受付嬢であるチコさんの次の言葉を待った。

「スキル発現の可能性がゼロです」

その一言は俺のいろいろなものを打ち砕いた。

スキルとは神から与えられるギフトだと言われている。言ってみればその人の才能が具現化したものだ。内容は様々で、調理から剣術まで多岐にわたる。まれに複数のスキルが発現する人もいて、組み合わせによっては英雄と呼ばれる者もいた。

逆に言えば、だれでも一つのスキルを持っていることになる。そしてスキルが無いというのは、かなり異常なことだと言えた。

とぼとぼとギルドを後にする俺に、チコさんは何かを呟いたようだった。

「おかしいわね……スキル発現の可能性が低いじゃなくてゼロって……？」

その後、俺はいくつかのパーティに入ってはクビになってを繰り返し、最終的にゴンザレスさんのパーティに入った。彼は新人冒険者の支援をしており、見習いとしてパーティに参加することになったのだ。

＊＊＊

しかし、パーティに参加してしばらくたったある日、俺はゴンザレスさんにギルドに呼び出された。

「すまん、アレク。お前のことを考えるとだな」

俺はついに来たかと、ゴンザレスさんの言葉を聞いていた。

「ええ、わかりますよ。こちらこそすいません。お役に立てなくて」

「お前のことは気に入っているんだ。まじめで仕事に手は抜かねえ」

「ええ、けど、スキルがない冒険者なんて……でしょ？」

物分かりの良すぎる言葉にゴンザレスさんは髭面をゆがめる。苦渋の表情に俺も胸が痛んだ。

「このままやってたら、お前はいつか死ぬぞ？　俺はお前が死ぬところを見たくねえ！」

そう言うとゴンザレスさんは、勢いよくジョッキをテーブルに叩きつける。その物音にギルドのざわめきが一瞬止まった。

「そう、ですね。ゴンザレスさん。本当にお世話になりました」

俺は深々とお辞儀をする。この人は本当に面倒見のいい人だ。顔をあげないのは、目元に浮かんだ涙を見られたくないからだ。

「すまん、アレク。達者でな。こんなことを聞くのもなんだがこれからどうするつもりだ？」

「とりあえず故郷の村に帰ります」

「そうか。なんてところだ？」

「ティルの村です」

故郷の村はこの街から北へ駅馬車を乗り継いでひと月ほどかかる。新米冒険者が旅するには過酷な道のりだ。

「お前、よくあんなところから出て来たな……」

「いろいろと運がよかったんですよ」

駅馬車の乗り継ぎがすぐできたり、ランクの高い冒険者が乗り合わせたりとかいろいろあった。

「そうか、近くの宿場まで送って行ってやろうか？」

「いえ、これ以上ご迷惑をおかけするのは……」

「馬鹿野郎。お前は俺のパーティにいた。ってことはだ、お前は俺の息子も同然だ」

再び目頭が熱くなったが、必死に笑顔を作った。

「そうですね。けど、ちょっと一人でいろいろ考えたいので……ありがとうございます」

「これからどうするつもりだ？」

「故郷に帰って嫁さんもらって、のんびり過ごしますよ」

「へっ、あてはあるのかよ？」

「ええ……幼馴染の子がいまして……」

「そうか。いつかお前の村を訪ねて行くからな。達者でいろよ？」

「はい、ありがとうございます」

そう言ってゴンザレスさんは髭面をゆがめて手を振っていた。最初はあれが笑ってると分からなくてすごく怖かったが、とてもいい人なのだ。

彼は言わなかったが、新人冒険者の世話で出費がかさんでいることを、俺は知っている。ベテランが多く所属しているが新人も多く、自身の収入のほとんどを、新人支援のために使っていた。駆け出し冒険者だった息子さんを失ってから、彼は常にそうなのだ。

だから彼を父と慕う者は多く、巣立っていった冒険者の中には高名なゴールドランクの人もいるとかなんとか。

ゴンザレスさんの手助けがあったものの、結局、俺はクエストでは、守るために手を割かれないといけないお荷物で、ほかのメンバーからも白い目で見られていた。

そんなときゴンザレスさんは、「アレクはなんか運がいい。俺たちもあやかろうぜ！」とかばってくれた。

確かに、大型の魔物が迫ってきた時、偶然放置されていた罠が作動して討伐に成功したり、食料を探していたときになぜか穴にはまって、その先に宝箱があったりしたこともあった。けどそれはあくまで偶然の産物で、俺の功績じゃない。

ゴンザレスさんが、いつでもかばってくれることも俺にはつらかった。

＊＊＊

定宿にしていたミズチ亭で、宿の女将であるクレアさんに挨拶をすると、餞別としてお弁当をもらった。中身は、ワイバーン肉のフライが入ったサンドイッチだった。

「こんな高いもの……」

ワイバーンは狩るのが難しく、その肉は高価だ。クレアさんは俺のために、わざわざ用意してくれたに違いない。

「いいんだよ。またいつかこっちに来たら顔を出すんだよ。その時はお嫁さんでも連れてきてくれたら嬉しいねえ」

恰幅のよい体をゆすりながら呵々《かか》と笑う彼女の目も少し潤んでいた。ちなみに彼女は、ゴンザレスさんの奥さんである。

「お嫁さん」の一言で俺は幼馴染の少女――ナージャを思い浮かべた。クレアさんの一言で改めて思い浮かんだのが彼女だった。

旅立ちの日、彼女は真っ赤な宝石のペンダントを俺に渡してきた。首からかける紐には彼女の髪が織り込んであって、ところどころキラキラと輝いている。

「お守り。あげるんじゃなくて貸すだけだから。だから無事に帰ってきてね！」

そう言ってナージャは潤んだ眼で、それでも精いっぱいの笑顔で俺を見送ってくれた。

いつかナージャにこの街《レンオアム》の風景を見せてやりたいと思った。いまも故郷の村で俺のことを待っているのだろうか？　そう思うとちくりと胸が痛んだ。

「はい、その時はまた！」

「龍王様のご加護があんたにありますように」

真摯《しんし》に祈る姿勢から、本当に俺の旅の無事を祈ってくれているのがわかった。再び溢れそうになる涙をこらえ、俺は笑顔で別れを告げる。

ミズチ亭を後にした俺は、ふと思い立ってギルドに向かい、手紙を書いた。あて先はナージャだ。「冒険者をやめて帰ることにした」と簡潔に綴り、封をして所定の手続きをとる。

受付してくれたチコさんが宛名を見てニヤニヤしていた。

「ふーん、アレクも隅に置けないわねー。可愛い彼女がいたんだ？」

「え、いや、彼女とかじゃなくて……」

「ふふーん。けど大きくなったら結婚する――とか言ってたんでしょ？」

「いや、あの、その……」

「うわー、マジか。アレクなんか爆発してしまえー」

からかうチコさんの目が少し潤んでいたような気がしたが、言うと怒られそうなのでやめておく。

手紙は、ちょっと値段はかさむが飛竜便で出してもらうことにした。おそらく数日で村に届くだろう。ちなみに料金は、チコさんがちょっとおまけしてくれたようだ。

＊＊＊

俺は龍王の町・レンオアムを後にして、故郷のある北へ足を向ける。冒険者だった頃の思い出が胸をよぎり、もう冒険者でなくなったことに少し胸が痛んだ。

駅馬車に乗る路銀のために、不要になったアイテムなどは売り払った。手荷物は簡素なレザーアーマーとバックラー、それに故郷から持ってきていた片手剣。あとは食料とかだった。

そんなひと月の旅路を終えて、俺は三年ぶりに故郷の村にたどり着いた。先に手紙を出しておいたので、誰かいるだろうかと思っていると……入口の門の前に一人の少女が立っていたのだ。

「お帰りなさい、アレク！」

そういうと彼女、ナージャは金髪をなびかせながら、俺の大好きな微笑みを浮かべて抱き着いてきた。ふわりとした甘い香りが鼻をくすぐった。

# 第2話　結婚しました

俺は両親の墓標の前に佇んでいた。両親は俺が旅立つ一年前、冒険中に行方不明になってしまい、死亡扱いになっていた。その後、形だけでもと、村の人々が墓を建ててくれたのだ。

「アレク、ご挨拶は終わった？」

「うん、ありがとう。こんなに綺麗にしてくれて」

「いや、だって、ねえ。ほら、わたしにとっても両親だし？」

ナージャの肉親はいない。爺ちゃんが引き取ってきてうちの家族になった。

そういえばナージャがうちに来たのって何だったけと思ったが、目の前の笑顔を見ていたらどうでもよくなった。ナージャは、ナージャだから。

「それで、約束、覚えてる？」

「え？」

即答しなかった瞬間、彼女の雰囲気が変わった。なんか黒いオーラみたいなものが見えた気がする。

「そう……そうなのね？　手紙書くって約束も忘れているし、うふ、うふふふふ」

笑顔だが目が笑ってない。ヤバイ、ヤバイ。冒険者時代に培った危険察知の警鐘がガンガン鳴り響く。

「いや、ごめん。手紙出すのもなかなか大変で」

「へー、その程度の思いだったのね？」

ジト目で見てくるが、ここで見栄を張っても仕方ない。

「凄腕の冒険者になりたかったんだけど、だめだった」

「出て行くときは、ゴールドランクになるまで帰らないとか言ってたのに、ねえ」

「う……そうだね。結局俺には才能がなかったんだと思う」

「いいよ。ここで一緒に暮らそう？　約束、守ってくれるんだよね？」

少ししんみりとした雰囲気を笑い飛ばすように明るい声でナージャが言ってくる。

ナージャの言葉で脳裏に浮かぶ光景があった。

＊＊＊

夕焼けに包まれた村の裏手にある小高い丘。同年代の子供たちと一緒に遊んでいたある日、みんなが帰った後も俺とナージャはそこに佇んでいた。

将来何になりたいとかの話をしていて、その時俺は「冒険者になって世界を旅したい！」と言った。

ナージャは、俺の質問にあいまいな笑みを浮かべつつ、なぜか俺の方をじっと見ていた。

「アレクは、冒険者になりたいんだよね？」

「ああ、そうさ。伝説の竜騎士アクセル爺ちゃんみたいになりたいんだ！」

竜騎士アクセルは、俺の祖父で今から三十年ほど前に活躍した冒険者だった。ドラゴンと心を通わせて、その槍は弱者を助けるためのみに振るわれたという。そして龍王ニーズヘッグを打ち倒した勇者として慕われていた。

「へえ、そうなんだ。冒険者になってどうしたいの？」

「うん、強くなって、この村のみんなを守りたい！」

「それは……いいことだね」

「うん、だからお前も俺が守ってやるからな！」

子供の言葉だからそれほど深い意味はないはずだったが、その一言からナージャの雰囲気が少し変わった。

「ねえ、アレク。お願いがあるんだけど」

彼女の顔が赤かった気がしたのは夕焼けのせいか、普段の姿からは信じられないほどしおらしい態度で俺の目を見つめている。

「え、どうしたの？　改まって」

「うん、わたしを……お嫁さんにしてくれる？」

思わず息をのんだ。夕陽を背に微笑むナージャの姿が儚くて、今にも消えてしまいそうで、だから俺は思わず彼女の手を取って、つべこべ考える暇もなく答えていた。

「もちろんだ。お前は俺が守る！」

「うん、ありがとう！」

約束の証として小指をからませ、お互いに宣言した。

「わたし、ナージャはアレクのお嫁さんになって、ずっと一緒に暮らします」

「俺、アレクはナージャを嫁さんにしてずっと守っていく！」

その言葉を交わした後、ナージャが俺にしがみついてきたかと思うと、頬に柔らかくて温かい感触があった。俺も彼女を抱き返す。お互い夕日に照らされなくても顔は真っ赤だっただろう。そんな二人を夕日だけが見守っていた――

＊＊＊

「約束、守ってくれるんだ。嬉しい」

あの時のことを再現するようにナージャが俺の胸に飛び込んでくる。

満面の笑みを浮かべるナージャを見て、俺は幸せな気分になった。幼馴染のひいき目がなくても、都会であるレンオアムでもナージャ以上の美人はいなかった。

そんな彼女が俺のことをずっと想っていてくれた、それだけで俺は胸がいっぱいだった。

＊＊＊

「かんぱーい！」

村長の音頭で、乾杯の宣言がされ、俺とナージャは宴の真ん中で笑みを浮かべた。

宴会が急遽結婚式となってしまったが、とにかく帰ってくる日に合わせて宴会が準備がされていたあたり、準備がよいというかなんというか。あとで聞いたら、ナージャがせっせと準備してくれていたらしい。

近所のおばさんが言うには、俺がいない時、ナージャに言いよる男どもも多かったそうだが、本人は頑として頷かなかったそうだ。

隣村の村長の息子とか、金持ちでイケメンなんだけどな。少なくとも天秤にかけると、俺が吹っ飛ばされて皿から落ちる程度に。

「だからね、あんたナージャちゃんを幸せにしないとだめだからね！」

「はい、絶対に守ります！」

村の男どもからのやっかみもひどかったが、俺の隣で幸せそうに微笑むナージャを前にして撃沈していった。最後にはしょうがねぇなぁくらいの感じで、オバさんたちと同じようなことを言い残して乾杯して去っていく。

ひとまずみんなに祝福された俺は、ナージャが守ってくれていた実家で眠りについたのだった。

## 第3話　村の生活

朝日が昇り、窓から光が差し込む。隣を見るとナージャは起きているようで、もういなかった。

「あ、おはよう、アレク」

キッチンに立ち、エプロンを付けたナージャはすごく可愛かった。思わず見とれていると少し頬を赤らめてもじもじし始める。

「おはよう、今日もかわいいよ、ナージャ」

ボムっと顔が赤くなる。すげえ、耳とか顔まで真っ赤だ。

「かかかかか、かわ……いい？」

「嫁さんが可愛くないわけがないだろ？」

「はわっ⁉」

「これからもよろしく。奥さん」

いろいろ吹っ切れたのだろう。俺は普段こんなことをするキャラじゃないんだが、うん、ナージャが可愛すぎるからだ。そういうことにしておこう。

くるっと振り向いたナージャがこっちを向いて目を閉じる。俺もそのまま顔を近づけて……ってあたりで唐突にドアがノックされた。

「キャッ！」

真っ赤な顔をしてナージャがドアを睨みつける。

「おーい、アレク。起きてるかー？」

ドアの外からのんきな声がかかる。

「はーい」

ナージャがくるっと表情を変えてドアに向かう。

「お、おはよ……ってそっか。お前ら結婚したんだよな」

「あら、マーク。おはよ。新婚の家に朝早くから来るとか、そんなんだからお嫁さんが来ないのよ」

ナージャの毒舌はとどまるところをしらない。

マークは俺たちの幼馴染の一人だ。彼は以前村に立ち寄った魔法使いから簡単な魔法を教わったことで魔法のスキルが発動した。ちょっとした魔物なら一人で何とかできてしまう腕が買われて、今では自警団に入り、団長補佐になっていた。

「おいおい、それくらいにしてやってくれ。で、何の用?」

「ああ、今日なんだけどさ。村周辺の巡回を頼みたいんだ」

「俺に?」

「元冒険者だろ?　そういうクエストやったことないか?」

「まあ、あるっていえばあるけど」

「うん、頼りにしてるよ。実はさ、ジークの爺さんがそろそろ引退したいって言ってるんだ」

「そっか、もういい歳だしな」

ジーク爺さんは元は国の兵士で、剣と槍を村の男たちに教えていた。しかし最近は、腰が痛いからとあまり動き回らなくなっていたらしい。以前はよく陣頭指揮を執っていたが、最近はマークのバックアップに回っているという話だ。

引退したら他の町に住んでいる孫が、引き取りにくるという話も聞いたことがある。

「でも、ジーク爺さんが引退したら、次は誰が団長をやるんだ?」

「俺、かもしれない」

ぽつりと漏らす言葉には若干の不安と、やる気が見て取れた。

「そうか、応援してるよ」

「っていうかだ、お前も参加してくれって」

「え?　俺?　聞いてるかもしれないけどさ……」

「あ、スキルがないってやつか？　珍しいけど、お前何年も冒険者やって五体満足で帰ってきてるじゃん。ってことは、スキル以外の力がお前にあるってことじゃね？」

「そんな力あるわけないない。でもまあ、いろいろと教わったよ。魔物の追跡の仕方とか、罠の仕掛け方とか」

「すげえ！　頼りになるじゃん！」

俺が褒められているのが嬉しいのか、ナージャもニコニコしている。

「アレク、頑張ってみない？」

「そう、だな。マーク団長、よろしくお願いします」

少しおどけて言うとマークの硬い表情が少しほぐれる。

「っておいおい、気が早いよ。まだ引き継ぎもしてないんだって」

そう言いながら少し照れ気味に鼻の頭をポリポリとかいていた。

俺はマークとナージャと一緒に、村共同の麦畑に向かった。

＊＊＊

今日は小麦の収穫だ。麦畑の管理は持ち回りでやっていたが、大規模な作業は今回のように総出になる。俺はマークの巡回ではなく、もともとの予定だった収穫を手伝っていた。

「今年は天気が良かったからね！」

「そっか、いっぱい採れるといいなあ！」

黄金の穂波が風に吹かれて揺れる。実際問題として、この麦の収穫が村の生命線だ。今年は幸いにして豊作で、税を支払っても十分な備蓄が残るらしい。

村人たちの顔も晴れ晴れとしている。

「空龍王様のご加護があったんだな」

「そうじゃなあ。天気に恵まれたのは空龍王リンドブルム様がご機嫌だったからじゃろ」

空龍王リンドブルム、海龍王レヴィアタン、地龍王ベフィモスは三龍と呼ばれ、世界中にそれぞれの神殿が建てられて祭られているが、この村ではリンドブルムを祭っている。

ほかにも神話上の存在として様々な龍がいる。復讐の龍ニーズヘッグや、財宝を守る龍ファフニルなどは有名なところだ。

そして、龍と交わり、子を成したとされる人々もいた。各地にいる王家や貴族がそれにあたる。彼らは龍の血を引く者と言われ、一般の人々とは一線を画した存在とされて崇められていた。そんなことを考えていると、隣にいるナージャは俺が刈り取った麦を受け取り、かごに入れてゆく。

「うふふ、今年はいい天気が続いたからねえ」

「リンドブルム様のご加護ってやつ？」

「だねっ」

ナージャの表情も明るい。その笑顔に見とれてしまった。

「どうしたの？」

「いや、何でもない」

照れ隠しも兼ねて、慌てて手を動かす。早く収穫を終わらせないといつ雨が降るかわからないしな。

＊＊＊

「お疲れ様、アレク」

「うん、何とか終わったなあ」

「そうだね。あとは乾燥させて、粉にひいて、だね」

「そうだ、小麦粉が貰えたらパンを作ろう。冒険者時代に教わったレシピがあるんだ！」

「へーそうなんだ。そういえばさ。アレクは冒険者の頃ってどんな仕事してたの？」

「ああ……知ってると思うけど、俺にはスキルが発現しなかったんだ。だからいろいろと雑用をやってたよ。荷物持ちとか武具の手入れとか。料理も、だな」

「そう、なんだ。村に来た冒険者から、華々しい活躍とかよく聞いたんだけど」

「そういう人たちもいるよ。けどね、冒険者になってから、一年たって生きてるやつは半分もいないんだぜ？」

「え……？」

「だからさ、俺は本当に運がよかったんだ。魔物に手足を食いちぎられたやつもいたし……捜索に行って遺髪だけを持ち帰ったこともある」

「そっか……」

「いいうわさだけは流れるんだよなあ」

「そうね。そういうものだと思う」

「けどさ、武勇伝を聞いて俺もってなって、無謀なことやるやつがいるんだ」

「そうなんだ」

「俺は面倒見のいい人のパーティにいたからよかったけど、ひどいところだと新米を危険なところに送り込んで囮にするようなやつらもいるらしい」

「何それ！」

「まあ、冒険者って言ってもいろいろいるんだよ」

少ししんみりしてしまった。

ナージャは優しく微笑むと、俺の頭を抱え込むようにして抱きしめてくる。ほんのりと甘い香りがして、俺の心までも優しく包んでくれるようだった。

# 第4話　予感

それはある日の自警団の会合でのことだった。冬も近づき、各自の役割分担の見直しと、備蓄の確認をするはずだったのだが、最近森が騒がしいと猟師のカシムが報告してきた。

「なんかよ、妙にざわついてるっていうか……」

普段から森をよく知る彼の言葉に場がざわめく。異変は、たとえば獲物が罠にかかる頻度が下がっているとか、そもそも姿が見えないのはおかしい、といったものだった。

「そういえば……最近ゴブリンとかの数が多い気もする」

木の実や野草などを採取している村人からも報告があった。

今のところ怪我人や死者といったような直接的な被害は出ていない。それでも目に見えない不安に、動揺は隠しきれない様子だった。

もはや気のせいなどといった呑気な意見は出なかった。皆が、何かが起きているという共通の認識を持つに至った。

「ふむ、用心にこしたことはないのう」

ジーク爺さんが重苦しく口を開いた。元々しわだらけの老人だけど、眉間のしわが普段より深く刻まれている気がした。

「ジークさん、どうします？」

マークが話の先を促す。

「うむ、まずは柵の補修を急ぐかの」

「他に意見がある者は？」

ジークさんの言葉にマークがかぶせて、意見を募る。

そうすると皆口々に、各自が問題だと思うところを言い始めた。

「アレク、君は？」

「そうだな……武具の手入れをしておきましょう」

武具という単語に多くの者がぎくりとした。普通の人は、冒険者でもなければ魔物と直接やりあうことはない。

皆この話題から目をそらしたいというのが本音だろう。非難の視線を向ける者、むしろよく言ったという表情を浮かべる者など……反応は様々だった。

しかし、最悪の事態を想定する必要がある。ゴブリンの群れと戦って負けはしないだろうが、戦い慣れていない者からすればやはり恐怖が先に立つ。

ジークさんが再び重々しくうなずき、俺に問いかけてきた。

「アレク、頼めるか？」

「了解だ」

もともと冒険者時代にやっていたことでもあるし、慣れている。洞窟に立て籠もるゴブリン討伐の時に死にかけた過去の経験を、ふと思い返す。

こうして警戒を強化する方針が決まると、それぞれ与えられた役割をこなすために村の各所へ向かう。

俺の役割は柵の強化と、櫓《やぐら》の建設チームへの参加だ。大工のトーマスの指示に従って作業を行い、さらに家に帰れば武具の手入れを行った。手入れは職人のガレフが手伝ってくれたので、思いのほか進みはよかった。

＊＊＊

　収穫を終えたこれからの季節は寒くなっていく。ティルの村は大陸の北にあり、冬場は雪に覆われる。

「雪だ！」

　窓の外では、子供たちが空から降り始めた雪を見て歓声を上げていた。元気いっぱいに走り回っている。

　俺は、村を囲う柵の修理が終わっていることに安堵の吐息を漏らす。雪が降る中で柵の修理とか考えたくもなかった。

「ふふ、アレクも昔はあんなふうだったね」

「さすがにもうあそこまでは、はしゃいだりはしないなあ」

「まあ、何はともあれお疲れ様」

「うん、っとそろそろ見張りの当番の時間だ」

　村の入口に櫓《やぐら》を建てて、これにより異変を少しでも早く察知しようという試みだが、この雪では視界がかなり遮られる。

　だが、何かあってはいけないと気を引き締め直し、冷え防止の皮手袋を装着し、冒険者時代のマントを羽織って出かけた。

「行ってらっしゃい、気を付けてね！」

「ああ、ありがとう。行ってくる」

俺は、ナージャの見送りを受けて櫓《やぐら》に向かう。櫓《やぐら》のそばには小屋が建てられており、自警団が数名そこで監視することになっていた。

何かあれば木づちで、ぶら下げてある木の板を叩く。これを聞きつけた自警団が村中に異変を伝えるという段取りだ。

俺は雪のカーテンで覆われた村の外の風景を目を細めて眺めていた。その日は問題なく見張りを終え、そして次の日もまた次の日も、平穏に過ぎてゆく。

無事なのはいいことだけど、なぜか俺の胸騒ぎがどんどん増していった。

＊＊＊

そしてある日、夢を見た。冒険者をしていた頃を思い出す夢だ。

真剣な顔をしてゴンザレスさんが俺に話しかけてきた。

「アレク、クエストの時な。お前がやばいと思ったらすぐ俺に言え」

「へ？　ゴンザレスさん、いったいどうしたの？」

「いいから、お前の勘はなんか鋭いんだ。判断がつかないこともあるだろうが、何かを感じたらすぐに言ってくれ。空振りしても気にしなくていい」

「わかりました……俺の勘でいいんですか？」

「ああ、お前に任せる」

ゴンザレスさんは、すごく真剣な表情で重々しくうなずいた。俺はその顔をずっと忘れられなかった。

……半分眠っている意識の中で思い返す。

以前のことだが、森での採取クエストで、新米冒険者でも安全に帰ってこれるクエストだったが、なぜか胸騒ぎがして、引き返したことがあった。

次の日、この辺にいないはずの魔物が出たって話になった。そして駆け出しの冒険者が一人、魔物に食われるという被害が出たそうだ。

その魔物はゴンザレスさんと、別のパーティが協力して倒したが、魔物退治の打ち上げのときに、ふと胸騒ぎのこと思い出して、ゴンザレスさんに伝えたんだった。

その後、重要なクエストに、なぜか同行することが多くなった。ゴンザレスさんが言うには、俺の勘はとても鋭いらしく、特に危険については予知レベルだとのことだった。

俺の嫌な予感で引き返したため、その先にどんな危険があったかは実際にはわからない。結果的には何も起きてないからだ。俺の感を怪しむ者もいたが、俺はみんなが無事であればいいとそう思っていた。

そんな俺の胸騒ぎがどんどん増してくる。何か、悪いことがこの村に迫っている気がしてならない。だから次の日、俺は意を決して、ジーク爺さんに相談してみることにしたのだった。

# 第5話　ある日森の中

ジーク爺さんに相談したところ、実はすでにギルドに手を回しているとのことだった。その結果、何人かの冒険者が村に向かっているらしい。

「ゴンザレスという人を知っているかね？」

ジーク爺さんから聞いた時は、本当に驚いた。

「ええ、よく知っています。俺が冒険者をやっていた時にお世話になった人です」

「うむ、この村の財政は、まあ知っての通りでのう。精いっぱいの報酬じゃったが……応じてくれる人がいないと言われておったのじゃ」

「ですよねえ……」

「それでもいいと応じてくださったのが、かの御仁と言うわけじゃな」

ありがたさで胸がいっぱいになる。

確かに、困ったときには相談しろって言われていた。けれど、駅馬車でひと月もかかる距離だ。まさか助けてと気軽に言えるものでもない。しかも、安い報酬でも受けてくれたことに、俺の視界はぼやけた。

「お前が正しい行いをしてきたということじゃな」

「そう、ですかね？」

「そうに決まっとる」

そう言って、ジーク爺さんはにっこりと笑みを浮かべた。

＊＊＊

翌日、ゴンザレスさんのパーティを迎えるため、少しでも御馳走を用意しようという話になった。

「やはり肉だろう！」

カシムが満面の笑みを浮かべてそう宣言する。

異変を感じてから、森へ狩りに入るのは最小限にとどめられていたが、最近は目立った異変はなかった。だから、最低二人組という条件で森に入り、獲物を探すことになった。

俺はナージャと森に入ることになり、準備はナージャも手伝ってくれた。

普段村にいるとき村人は、村からの割り当てられた仕事を各々《おのおの》しているため、ナージャは一日中俺といられる理由ができて喜んでいる。何この可愛い生き物。

「アレク、いい獲物がいるといいね」

「ああ、ハーブとかの採集は任せたよ？」

「うん、まかせなさーい！」

そう言ってにっこりとした顔を見せるナージャを見て、俺は思わず抱きしめそうになった。

だが、それほど離れていないところに、カシムのほかにも村の人間がいるはず……俺は煩悩を消して仕事に戻ることにした。

しばらく森を進んだが、やはり以前のような動物の気配がない。俺は周囲を警戒しつつ歩き、ついに動物の足跡を見つけた。

「これは……イノシシか」

「たぶん、そうだね。追跡できそう？」

ナージャが目をキラキラさせて聞いてくる。お肉は久しぶりと目で訴えてくる。それはもう、今にもよだれをたらしそうな顔だ。

嫁さんに期待されてしまったら張り切るしかない！　と思っていたら、ナージャがポーっとした顔で俺を見ている。

「えっとね、アレク。声に出てた……よ？」

「はうあっ⁉」

森のど真ん中で顔を真っ赤にしている二人はさぞかしおかしな姿であっただろう。

そんなことを思っていたら、俺たちにツッコミを入れるかのように草むらが揺れた。俺は慌てて矢筒から矢を引っこ抜く。

すると出てきたのは、正体不明のモフモフした、謎の生き物だった。大きさは子犬くらいだが、なぜか角が生えている。真っ白な毛並みをしていて四つ足で立っている。頭からしっぽの

先まで癒し系だった。

腹を空かせているのか、元気がない。すがるような目つきに、俺はあっさりと敗北した。とりあえず水筒から手に水を受け止め差し出すと、ぴちゃぴちゃと舐め始めた。ナージャは目を見開いて「ふわあああああああぁぁ」と目を輝かせている。

「食べるか？」

干し肉を謎の生物に差し出すと、「キューン」とよくわからない声を上げてかぶりついた。

食べ終わると俺の手にすりすりとすり寄ってその毛並みを堪能させてくれる。というあたりで背後から再びがさがさと音がした。

「アレク、あっち！」

ナージャの指さす先には木々の間を歩いているイノシシがいた。

もふもふの謎の生物はナージャの肩の上にいる。俺はナージャの頬っぺたと、もふもふの間に手を突っ込んだらいい感触に違いないと思ったが、煩悩を追い出し、矢をつがえイノシシに狙いを付ける。

ここでいきなり胴体を狙っても逃げられる可能性が高いため、俺はやつの後ろ脚を狙う。

矢を放つと、狙い通りの場所に矢が突き立ち、イノシシは悲鳴を上げ、突進してくる。だが、後ろ脚が傷ついたため突進に力がなく、数度避けているとだんだん勢いも衰えていく。そろそろ仕留められるか、そう思った時だった。やつは標的を急に変え、突然ナージャに向かって突進し始めたのだ。

「キャァァァァァァァァ！」

悲鳴を上げつつナージャはガシッと足幅を広げ、背後にモフモフをかばい仁王立ちする。そして腰を落とし、足を肩幅の広さに開いて膝を少し曲げ、右手を腰だめに構え、呼気を整えた。

イノシシの接近に合わせてズダンと踏みしめた力を足首、ひざ、股関節、腰、背骨と順に伝え、肩から肘、手首そして掌で炸裂させる。

見事極まりない、あまりに滑らかな動作から放たれる掌打だった。

カウンターで眉間を撃ち抜かれたイノシシは、断末魔の叫びを上げる間もなく絶命する。

その姿を唖然として見る俺に対して、ナージャはてへぺろとこちらを見ていた。

「というか俺、嫁さんより弱いのか？」という疑問を必死でかき消すため、俺はイノシシの血抜きを始める。

その後、俺とナージャは血抜きをしたイノシシを引きずって村に戻ることにした。村の入口にいた見張りの者に手を振ると、応援を呼んできてくれた。

久しぶりの大物に歓声が上がる。

そして村のみんなは口々にナージャをほめたたえていた。

子供のころから身体能力が高く、爺ちゃんから手ほどきを受けていたこともあったが、まさかこれほどまでに強くなっているとは……俺より冒険者に向いているんじゃないだろうか？

「火事場のバカ力じゃないかな、あははー」

とナージャは苦笑いしていた。とりあえず怪我がなくてよかったと伝えると、いつものふんわりした笑みを俺に向けてくる。ナージャは、ナージャだ。俺の大事な人ということは変わりない。

＊＊＊

そんなこんなでゴンザレスさんたちの歓迎の準備が整ったその晩、事件が発生した。

血塗《まみ》れになり、息も絶え絶えの冒険者の一人が、村にたどり着いたのだ。

「ゴンザレスさんが危ない、助けてくれ！」

そう叫ぶと彼はガクッと意識を失った。

# 第6話　魔物の軍団

村はざわめいていた。ひとまず広場にみんなが集まってくる。

「俺が様子を見てくる！　誰か一緒に来てくれないか？」

マークの呼びかけに、村人は顔を見合わせるだけだ。冒険者が瀕死になってたどり着いたという事実はそれほど重くのしかかっていた。

だから、というわけではないけど、思わず俺は手を上げていた。

「アレク、ありがとう」

「いいさ。それに死ぬ気はない」

「そう、だな。新婚さんを死なせたら俺がナージャに恨まれる」

「後釜に座ろうなんて思ってないだろうな？」

「ないない。それにナージャが絶対にうんって言わないから！」

ふと気づくとナージャは真っ赤になって俺を見ていた。とりあえず表情をキリッと引き締めて頷いておく。

そのやり取りに、村人の間からも少し笑いが漏れた。

＊＊＊

最終的に、自警団から三人が見回りに参加した。カシムを先頭として、駆け込んできた冒険者の来た方向──南の街道を走る。

無言で歩を進めるが、やはり不安が大きい。皆、言葉がないのも、口を開けば弱音を吐きかねないからだ。

しばらく進むとわずかに声が聞こえてきた。カシムが手を横に伸ばし止まれと合図する。俺たちは街道の脇に身を隠した。

「隠れながら進むぞ。俺が先行してくる。いざってなったら合図を送るから、頼む」

カシムの指示にマークも無言で従い、身を隠す。カシムはあえて草の生い茂る街道脇を進んでいく。俺たちは、実に器用に平地を歩くかのような足取りのカシムの後に続いて行く。

カシムほどの速度は出ないが俺たちも彼の後を追うように歩を進める。しばらく進むと、剣戟と雄たけび、そして悲鳴が聞こえてきた。

舌打ちのような音が聞こえ、ふと上を見ると、カシムが木の上から弓を構えている。彼の視線の先では、冒険者の小隊がゴブリンやオークと戦いを繰り広げている。

円陣を組んだパーティは、真ん中に後衛職や負傷者をかばっているようだ。魔物たちはそれを取り囲むように攻め立てている。

そして、円陣の中央にいる見慣れた顔を見て、俺の頭に血が上った。

カシムが矢を放つと同時に俺も剣を構えて走り出す。背後からマークの呪文を唱える声が聞こえてきた。

俺は無我夢中で剣を振るい、ゴブリンを斬り倒す。カシムの正確無比な狙撃により、すでに数体のゴブリンが頭に矢を受けて倒れていた。

さらに、自警団のメンバーのグレイが槍を振り回してオークと渡り合う。ガレスも両手持ちの斧を振り回し、雄たけびを上げる。

そして俺は喉が張り裂けんばかりに大声をあげた。

「ゴンザレスさん！」

こちらを向いた瞬間、彼は驚愕して目を見開いた。

それはそうだろう。俺は冒険者時代、魔物と切り結ぶことなんてほとんどなかった。いつも後方支援に徹し、弓を放つだけだった。

けれど今、俺はゴブリンにためらいなく刃を振り下ろし、斬り捨てている。そんな姿に驚いたのだろうか。

「援軍だ！　てめえら気合い入れろ！」

ゴンザレスさんの雄たけびに周囲の冒険者たちが歓声で応える。

俺たちは一点に戦力を集めて、一気に敵の囲いを突破しようとする。

俺は夢中で剣を振るう。火事場のバカ力というやつか。全く恐怖を覚えることもなくゴブリンたちを倒してゆく。

「今だ、全員続け！」

剣を持った比較的身軽な冒険者が、俺たちの攻撃で囲みが手薄になったところに斬り込む。

さらに、その両脇に弓や魔法を俺たちが打ち込み、包囲を破ることに成功する。

俺たちは、この機会を逃さず、村に向けて駆け出した。

そして追撃しようとする魔物の群れに対して、マークが大技を叩き込み、時間稼ぎをする。

「逆巻け風の刃よ！　螺旋の理《ことわり》、暴風となりて敵を切り裂け！　サイクロン！」

つむじ風が巻き起こり、それに触れたものは容赦なく両断される。一日一回しか使えないマークの切り札の魔法だ。

「ＧＵＲＵＲＡＡＡＡＡＡＡＡＡＡＡＡＡＡＮ！」

勝利を確信したその刹那、必死で逃げる背後から大きな声を聞いた。

それはただ聞いているだけで怖気が走るような、全てを支配するような声。その声をきっかけに魔物の追撃は止んだ。

「な、なんだこの声は……？」

いつの間にか俺の隣を走っていたゴンザレスさんがぽつりと言った。

「ゴンザレスさん……」

「まあいい。話は後だ。負傷者もいるからな。すまんが村への案内、よろしく頼むぜ」

「はい！」

こうして、ゴンザレスさん率いる冒険者パーティは、無事とは言い難いが村にたどり着くことに成功した。

しかし謎の声は、魔物の軍勢とのさらなる戦いの始まりを告げることを意味していたのだ。

＊＊＊

村に着いた俺たちは、回復魔法とポーションなどで傷を癒し、昼に狩ったイノシシで、冒険者たちの腹を満たす。

「GYAOOOOOOOONN!!」

そこに村の外から全てを支配するような亜人の叫び声が上がる。同時にゴブリン、オークなどの亜人種の魔物の軍勢が村に迫ってきていた。

それに対して柵の中から矢を射かけて敵を倒すが、逃れた敵が柵に取りつく。打ち漏らした敵は、槍や斧を振るって柵ごしに倒す。冒険者たちもここを破られたら後がないと思い、悲壮な表情を浮かべながらも、次々とゴブリンたちを倒してゆく。

俺は櫓から矢を放っていた。カシムほどの腕はないが、それでも弓の腕は自警団の中でも上の方だった。

高いところから見ていると敵の動きがよくわかる。敵を倒しながらも、俺は気づいてしまった。亜人種の中にひときわ大型の魔物がいることに。

「トロールがいるぞー！」

さっきの声の主はトロールだったのか？　わずかな違和感を抱いたが、目の前にいる敵に対処することにした。

トロールの強靭な肉体から繰り出す攻撃は、まともに受ければ重戦士でもひとたまりもない。そんな強敵の出現は味方に動揺を生んでしまうが、いきなり現れて柵を破られたらその場で総崩れになるだろう。

であるならば出現をあらかじめ知ってもらった方がいい。そう思った。

魔物の群れは村の南側から迫っていた。それならば、北に行けばまだ逃げられる。そう考えた一部の者はさらなる絶望に出会うことになった。

すでに魔物の群れは村を囲み切り、そこにもトロールが先頭に立って柵に迫っていた。

「もう、ダメだ」

冒険者数名がその知らせを聞いてへたり込んだ。

# 第7話　覚醒

トロールが現れたという知らせは、冒険者をはじめ、俺たちの士気をへし折りかけた。

「くそ！　なんでこんなことに……」

それでも俺は矢を放つことをやめなかった。俺が諦めたらだれがナージャを守る？　約束したんだ。何があっても守るって。

「うろたえるな！　トロールの弱点は火だ！　火炎魔法を使えるやつを前に出せ！」

ゴンザレスさんの指揮に従って、魔法使いが前に出てくる。

「『集え、焦熱の光よ！　貫け紅蓮の矢よ！　フレアアロー!!』」

タイミングを合わせて詠唱し、弾幕のように炎の矢が飛んでゆく。それはトロールの顔面を中心に着弾し、ひるませることに成功した。

合図とともに門を開き、冒険者の一隊が出撃した。

「ぬおおおおおおおおおりゃあああああああ！！！」

ゴンザレスさんが大剣を振りかざし、トロールに叩きつける。そしてそのまま体を横にスライドさせる。後続の槍使いが五月雨《さみだれ》のように刺突を叩き込み、さらにダメージを重ねる。

「とどめだああああああ!!」

全身の筋肉をたわめ、ひねる。そこで溜めた力を一気に遠心力に変えて一閃した剣先が、トロールの首を深く切り裂いた。

断末魔の叫びを上げてトロールが倒れる。

その光景にこちらの士気が大いに盛り上がる。

それが気にくわなかったのか、背後に控えていたひときわ大きな亜人――ゴブリンともオークともいえない、変異種というやつ……が雄たけびを上げた。

「なんてこった!?　やっぱりいやがった」

「ゴブリンキングだ！」

周囲の冒険者に再び動揺が広がる。

キング種とはゴブリンのような亜人種のなかで稀に現れる強大な個体のことで、その力で何千もの配下を操り、時には大きな都市が滅ぼされることもあったらしい。

「うろたえるな！　何とか戦えているってことは、キングだとしてもなり立てだ！　俺が必ずぶった切る！」

「うおおおおおおおおお!!」

ゴンザレスさんが気勢を上げ、皆が無理やりでも声を絞り出して応える。

魔法使いたちがキングに向けて一斉に攻撃呪文を叩きつけるが、キングの周囲にいたゴブリンから進化したとみられるオーガたちが立ちふさがった。

爆風と砂塵が舞い、それが風によって散らされた後、見えたものは無傷のオーガたちだった。

キングが手を振ると、新たなゴブリンたちが前に出てくる。そいつらは棍棒や剣ではなく、杖を持っていた。

ここまで柵に頼って優位に戦えていたのは、相手が飛び道具を持っていなかったからだ。柵に取りついて動きが止まったところを、矢を射込み、槍で突いて一方的に攻撃してきた。

だが、再び風向きが変わった。ゴブリンメイジの一団が現れ、柵に向けて火球を放ってきたのだ。

火球が燃え移り、柵の一部が壊れはじめた。こうなってはここで敵を食い止めるにも限界がある。

「まずい！」

俺は慌てて櫓から駆け下りた。

矢が尽きかけていたこともあるが、柵が破られたら守りが崩壊する。

「下がれ！　館まで下がるんじゃ！」

ジーク爺さんの呼び声に、戦っていた村人と冒険者たちは一斉にありったけの矢を放つと、後ろも見ずに退却を始めた。

「きゃあっ！」

そのとき俺は、聞き慣れた声の悲鳴を耳にした。反射的に声の方を振り向くと、そこには愛しの妻がいた。

なんでだ。なんでナージャがここにいる？　そう思ったが、その疑問はすぐに氷解した。逃げ遅れた子供をかばっていたのだ。

棍棒を振り回すゴブリンに襲われても、きっちりと蹴り飛ばしていた。その姿に安堵するも、それは一瞬のことで、背後からオークが現れたのだ。

「危ない！」

俺はとっさにナージャの前に割って入る。

「アレク！」

オークは槍を振り下ろしてきたが、俺はとっさに剣で横に打ち払う。

オークのバカ力で地面に叩きつけられた槍は鈍い音を立てて穂先が折れた。俺は剣をオークの手元にめがけて振り下ろす。

狙い通り剣先がオークの指を断ち切った。痛みにオークがひるんだところで、剣先を顔面目掛けて突き出す。運よく目を貫くとオークは、見当違いの方向を向いて暴れ出した。

俺はそのままナージャをかばいつつ、村長の館を目指して走る。

「ナージャ、無茶だ！」

「ごめん、だけど……」

ナージャは気を失った近所の子供を抱きかかえていた。

周囲からは魔物の咆哮が聞こえてきたが俺は、ナージャの手を引いて走った。

「見えた！」

「もう少しね！」

村長の館の周囲には冒険者が集まり、防戦の態勢を整えている。安心したのも束の間、俺はまずいものも同時に見つけた。トロールとオークが、冒険者の死角から迫っていたのだ。

「後ろだ！　トロールとオークがいる！」

その一瞬、注意がそれたのがまずかった。トロールの投げた大きな石が、こっちに飛んできていた。

無意識にナージャをかばったが、肩から側頭部にかけて衝撃が走り、俺は意識を失ってしまった……

＊＊＊

そこは真っ暗な空間だった。上下左右すべてが真っ暗で、それでも自分のことは見えている。

そんな不思議な場所に一人の男がいた。

「ふむ、久々にお目にかかる」

なぜかどこかで見たことのある顔だった。黒髪をオールバックに撫でつけ、紅い瞳をこちらに向けている。視線は一つ。片方の目は眼帯に覆われていた。

「えっと、どちら様でしょうか？」

「ふん、覚えておらぬか。それも仕方あるまい」

「……すいません」

「まあ、よい。アレクと言ったか。貴様に問う」

「なんでしょう？」

「ふん、気の抜けた返事だ。そんなことでナージャを守り切れるのかね？」

ナージャを呼び捨てにするこの人は何者だろうか？

「当たり前だ！　ナージャは俺が守る！」

「その細腕でかね？　せいぜいゴブリンを数体倒せたらいい方だろうが？」

「それでもだ！　俺は誓ったんだ！」

「それは、誰に対してだね？」

「……え？」

……わからない。それでも俺が、ナージャを守ると誓ったのは確かだった。けれどそれは誰に対してだ？

「ふん、契約は果たさねばならん。我に対してあれだけの啖呵《たんか》を切ったのだからな」

何が何だかわからなかった。けれど、この人からはなぜか懐かしさも感じた。

目の前の男が指を打ち鳴らすと、パキッと乾いた音が響く。

すると男が黒い靄《もや》に包まれ、その靄《もや》が晴れた瞬間、目の前には巨大な龍がいた。

不思議と恐怖は感じない。先ほど感じた懐かしさと、ナージャと一緒にいるときのような安堵を感じる。

龍が口を開くと、予想通りと言うべきか、その声は先ほどの男と同じ声だった。

「封印を解く。できれば、こうならないことを娘は望んでいたのだがな」

「ナージャを守るためならなんだって差し出す」

「誓いゆえにか？」

「違う。ナージャは俺のすべてだ。愛しているんだ！」

「……よかろう。我が左眼を対価として差し出した時よりこの定めは決まっていたのだろうよ」

龍の顔が微笑んだように見えた。口元をゆがめただけだったのかもしれないが。それでも、普通に見れば恐怖の対象でしかないはずなのに、なぜか温かさも感じた。

「……娘を頼むぞ、婿殿」

「え？」

龍の眼が光り、俺の体内で何かが脈打ち始め、そのまま俺は再び意識を失った。

## 第8話　アレク無双

スーッと意識が浮かび上がる。それは夢から目覚める時の感覚に似ていた。気絶してたんだから当たり前か。

体に痛みはない。というか、トロールが投げた石に当たったわけだから普通は重傷を負っているはずだ。けれど、今までにないくらいに身体の調子の良さを感じる。

「アレク、大丈夫か!?」

村人の問いかけに、俺は無言でうなずき、周りを見渡すと……ナージャがいないことに気付いた。

「ナージャは？」

いつもの俺なら取り乱していたはずだが、今の心は不思議と平静だった。

「あ、ああ……アレクの仇をとるって言って、飛び出していった！　すまん！」

ナージャらしいと笑みが浮かぶのと同時に、俺は目を閉じ意識を広げる。

いくつかの場面が瞼《まぶた》の裏に浮かぶ。そこにはゴンザレスさんと並んでトロールを迎撃しているナージャの姿があった。

今までほとんど感じ取ることができなかった魔力の流れを感じる。ああ、魔法を使うというのはこういう感覚なのかと唐突に理解した。

魔力を操作して風を体に纏《まと》うと、俺の身体は空中へと飛び上がった。同時に魔力を糸のように放出して周囲を探る。見つけた！　魔力をたどってナージャのもとへと駆けつけ、掌に魔力を集める。

「貫け！　エナジーボルト！」

魔法が発動し、放たれた魔力弾は魔物たちの頭上で弾け、十を超えるゴブリンやオークが倒れ伏した。

「アレク……」

ナージャが目を見開いて俺を見る。心なしかその目は少し悲しげに潤んでいたが、頭を振ると、いつもの笑顔を浮かべて俺のところに飛びついてきた。

「アレク、アレク！　無事だったのね！」

「ああ、おかげさまでね。あの時と同じだな・・・・・・」

「……アレク、ごめんなさい。わたしのせいで」

「これは俺の意思だよ。それにだ、嫁さんを守るのは旦那の役割、だよな」

ナージャは耳まで真っ赤になり、俺は彼女の背に回した手に力を籠める。

「おいおい、戦場でいちゃついてんじゃねえぞ！」

ゴンザレスさんに茶化されたが、今はそれがありがたかった。ぱっとナージャが俺から離れると、

「うー……」

ジト目でゴンザレスさんを睨んでいた。おいおい。

「ナージャ、今からあいつらを片付ける。だから安全な場所にいてくれないか？」

「……わかった。お願いね、わたしの騎士様」

「ああ、龍王に誓う。必ず君を守り抜くと」

置いてけぼりにされたゴンザレスさんがポカーンとしていた。

「おいおい、というかアレク。お前呪文使えたっけか？」

「使えるようになりました」

「なりましたって、お前あっさりと……」

「まあ、事情は後で話します。すいませんが館の中に立て籠もってください」

「……わかった。アレク！」

「はい？」

「お前が何者だろうとな、お前は俺の息子みたいなもんだ。それを忘れるなよ！」

「……はい、ありがとうございます」

俺は再び上空に舞い上がり、真下を見下ろす。魔物の配置を確認すると、エナジーボルトの魔法を多重発動した。

「多重発動！　疾《はや》く奔《はし》れ魔力の矢よ！　エナジーボルト・レイン！」

雨あられと降り注ぐ魔力の矢は、魔物の軍勢を駆逐してゆく。

後に残ったのは王であるゴブリンキングと、ゴブリンから進化を遂げたオーガが五体だった。

「来いよ。虫けらたち」

俺はゴブリンキングの前に降り立つと、挑発するように口元をゆがめて言い放つ。

「ギギギ、ムシケラハキサマダ！」

咆哮《ほうこう》を上げてオーガが迫ってきたが、俺はオーガの拳を片手で受け止めそのまま腕をねじ切る。そのもぎ取った腕に魔力を込めて、別のオーガに投擲すると、胴体が爆発して四散した。

身体が軽い。そして敵の攻撃に対してどうすればいいのかが直・感・的・に・分・か・る。近接戦闘系のスキルに目覚めたらこんな感じなんだろうか？

続けざまに俺は無詠唱で魔力弾をばらまく。

ゴブリンキングは拙《つたな》いながらも魔力障壁で防いだが、力押ししかできないオーガは顔面や胴を貫かれ、そのまま倒れ伏した。

「さて、残るは貴様だけだな。プチっと潰されろ！」

俺が言い終わると同時に、魔力で身体能力を強化したゴブリンキングは、隠し持っていた剣を抜き放って刺突を仕掛けてきた。

俺は剣の腹に掌を当てて、切っ先をそらし、そのままカウンターで裏拳を腹に叩き込んだ。

「GUGYAAAAAAAAAAAAAAAA！！！」

並みの魔物ならこの一撃で胴体が四散しているのだろうが、骨を折る音が聞こえただけで原形は保っている。

「へえ、大した耐久力だ」

その後も諦めが悪く襲い掛かってきたが、俺は手加減した攻撃でどんどんダメージを蓄積させてゆく。

ゴブリンキングの無駄のない斬撃は一線級の剣士に匹敵するが、その攻撃は全て空を切り、その都度俺は反撃を与える。もはや何度目かわからない攻防が繰り返され、身動きもできないほどにゴブリンキングは疲弊していた。

「GAGAGA……」

言葉を発することもままならないようだ。次に飛び掛かってきたら一気に頭を消し飛ばそうと身構えていると、予想外の行動に出た。

「ＫＩＳＹＡＡＡＡＡ！」

雄たけびというか、悲鳴のような声を上げたゴブリンキングは魔力を弾けさせる。閃光が俺の目を焼き、一瞬にして視界を奪われる。

魔力を探知すると、ゴブリンキングは村に背を向けて、逃走を図っていた。

能力に目覚めた俺は、第三の目ともいえる能力があることを知っていた。魔力の網と知覚を同期して、感覚を大きく広げることができる目だ。

俺は、第三の目の網に引っかかったゴブリンキングに向けて、魔力弾を放った。

赤く熱した弾丸がゴブリンキングに襲い掛かり、着弾した瞬間火柱が上がり、やつを焼き払った。焼け跡には塵一つ残らなかった。

終わったと感じた瞬間、俺の全身から力が抜けてゆく。慣れない力を振るった代償として、意識を失ってしまったのだった――

# 第9話　ナージャとの出会い

夢を見ている。俺がまだ子供で、何もわかっていなかった頃の――世界の残酷さも、人を愛する喜びも知らなかった頃の夢を。

ナージャとの出会いの記憶はなかった。いつの間にかそばにいて、一緒にいるのが当たり前だった。そしてアクセル爺ちゃんにはことあるごとに言われていた。「アレク、お前がナージャを守るんだぞ」と。

その言葉の意味を俺はよくわかっていなかった。

当時のナージャはあまり笑うこともなく、感情を出さない子供だった。けれど、爺ちゃんにナージャを守れって言われて、「うん！」って答えたとき、ナージャの笑った顔が可愛かった。なんかよくわからなかったけど、顔が熱くなって、胸がどきどきした。

思えばあれが俺の初恋なんだろうか？

それ以来、ナージャは俺にいつもついてくるようになった。

「アレクはわたしを守ってくれるんでしょ？」

そう言ってにっこり笑われたら、俺には何も言い返すことはできない。言い返せないことを知ったナージャは、ことあるごとに俺に笑いかけるようになった。

俺も顔を真っ赤にして頷くくらいしかできなかった。

「アレクとナージャはふーふ！　ふーふ！」

近所の子供たちがいつも一緒にいる俺たちをからかってくる。そんなときもナージャはしれっとしていた。というか、俺の背中に隠れていた。

後で聞いたが、「アレク以外の子が怖かった」そうだ。後日友人と呼べる存在が増えたので、結局ただの人見知りだったのだろう。

とりあえず、くっついてくるナージャはいい匂いがして、俺はひたすら硬直していた。綺麗な金髪がふわっとなびくのを見て、心奪われていった。

＊＊＊

その日、俺はひとり自分の部屋の片隅で泣きじゃくっていた。

大好きだった爺ちゃんが旅に出ることになったのだ。

「約束を果たさんといかんからの」

そう言って、それこそ近所の茶飲み友達に会いに行くような風情で出て行った。

旅立つ前の晩、俺は爺ちゃんに呼ばれていた。

「アレクよ。強くなりなさい。それで、ナージャを守ってやるんじゃぞ」

「うん、わかった！」

「明日、わしは旅に出る。もう会うことはないだろう」

「え？　いやだよ！　出かけるのはいいけど、帰ってきてよ！」

「そうはいかんのじゃ…………アレクよ。わしはいつもお前に言っておったことがあるな？」

「……うん」

「わしはお前になんと言っていた？」

「約束は必ず守りなさいって」

「そうじゃ」

そう言って爺ちゃんは俺の頭をやさしく撫でてくれた。なんとなく俺は、爺ちゃんにも果たすべき約束があるんだとわかったのだ。

俺はあふれる涙をこらえることができず、爺ちゃんの胸にすがりついてただ泣き続けた。

＊＊＊

翌朝、旅立つ爺ちゃんを見送るとき、俺は必死で涙をこらえた。ナージャはそんな俺の手をただ握ってくれていた。

彼女の手の温かさが、悲しみで冷え切った俺の心を温めてくれているようで、爺ちゃんを笑顔で見送ることができた。

けれど、爺ちゃんが村の門から出発し、南へ向かう街道を歩いて行って、その姿が見えなくなったとき、俺は一人、自分の部屋で泣いた。ただただ泣いた。

泣き疲れて眠ってしまったのだろうか。眠りから目覚めると、目の前にナージャの顔があった。

「うわっ!?」

思わず声を上げると、ナージャも目を覚ましたようだ。

「あ、アレク。おはよ」

寝ぼけ眼《まなこ》の気の抜ける顔であいさつをしてきたナージャを見て、思わず笑ってしまった。

「ぷ、ぷくく、あはははははははは！」

「うー、なんで笑うのー！」

「ごめん。なんかよくわかんないけど、楽しくて」

そんな俺を見てナージャも笑い始めた。

いきなり騒ぎ始めた俺たちに気付き、部屋に駆け込んできた両親も、ただただ笑い転げる俺たちにぽかんとした表情を浮かべた後、いっしょに笑みを浮かべていた。

俺は父さんから剣を学び、猟師のルカさんから弓を教わった。ちなみにルカさんはカシムの父である。

「どう？」

俺の振るう剣筋を見て父さんは、何度もため息を吐いていた。

「うん、正直に言おう。お前に剣術の才能はないな」

「そっか……けど、習わないよりはいいよね？」

「まあ、そうだな。戦い方を知っておいて損はないだろう」

父さんは元冒険者だった。爺ちゃんの娘である母さんと結婚してこの村に住むことになったそうだ。

「アレク。俺の持っている知識を教えてやる。戦うだけが冒険者じゃないからな」

「ありがとう！」

以来、ナージャも一緒になって、採集とか、森の歩き方を学んだ。ただ、これは特殊なことではなくて、村の子供なら誰もがある程度の年になれば学ぶことだったし、俺は少しでも強くなるため、自警団の訓練にも見習いとして参加した。

　全てナージャを守るためにだ。俺は爺ちゃんと約束したんだ。

# 第10話　過ちの代償

　幼き日のあの事件の日、俺は森で弓と剣の訓練をしていた。

　的に向かって一心不乱に矢を射かける。狙ったところに行くときもあれば、外れるときもあったが、それでもかなり当たるようになってきていた。

「アレクー、いつまでやってるのー？」

「うるさい！　気が散るからあっちに行ってろよ！」

　すこし調子が上がってきたときにナージャに声を掛けられ、ついカッとなってしまった。

「うー、いいもーん。アレクの好きな木の実が取れても分けてあげないんだからね！」

　ナージャはすねたような表情をして、カゴを手に森の少し奥に入っていった。

　しばらくすればナージャは戻ってくると思って、俺は剣の練習を再開した。

　父さんに教わった通りの型を最初はゆっくりと、徐々に速度を上げてなぞる。基本の構えから、振り上げ、振り下ろす。今、手に持っているのは木剣だけど、刃つきの剣をイメージして、振り下ろした後に引く動作を付け加える。

　突きはまっすぐ行い、切っ先をぶれさせないようにする。狙い定めた「点」を突き抜く。イメージは大事だ。イメージ通りに体が動くようにしておかないと、いざというときに動けない。

いざというときが、すぐ来ることも知らずに、俺はただ能天気に剣を振っていた。

俺は、訓練に夢中で父さんからの注意をすっかり忘れていた。

＊＊＊

「アレク。村のすぐそばならいいが、森に入ってはだめだぞ」

「なんで？　いつもは大丈夫じゃない？」

「うん、この時期はゴブリンが増えている。大人なら何とかなるが、子供のお前じゃ危ないからな」

「ゴブリンくらい俺にだって倒せる！」

「まあ、そうだな」

「じゃ、なんでダメなんだよ！」

「たとえば一対一で、敵が剣を持っていれば、遠くから弓で狙えればいい。けどな、やつらだって一匹で来るわけじゃない」

「何匹来ても大丈夫さ！」

「そう思ってるうちはだめだ」

父さんは苦笑いして俺の頭をガシガシと撫でる。

俺は村の子供の誰よりも剣を振っていたし、弓の練習をしていた。自警団の大人から一本取ったこともあった……が、それは手加減されただけで、それに気付いていない子供だったわけだ。

＊＊＊

どれだけの時間が過ぎたのだろうか、夢中になりすぎたからかよくわからなかった。

ただドクンと鼓動が跳ね、脳裏に言葉が響いた。それは「ナージャを守ってやってくれ」という爺ちゃんの言葉だ。

「ナージャ!?」

俺の呼びかけに応えがない。いつもなら自分のそばを離れないはずの少女が視界の中にいないことに、俺は激しく動揺した。

そばにいるのが当たり前だと思い込んでいたからだ。

「ナージャ！」

焦燥感にかられた俺は、ナージャの姿を最後に見た方角へ走り出した。

あとから思えば、村に戻って助けを呼ぶべきだったのだけど、そんなことは微塵も頭に浮かばなかった。ナージャのことを他のやつに任せるなんて思いもよらなかった。

息を切らせて走り、周囲を見渡し、ナージャの名前を呼ぶ。それを繰り返しつつ、俺は森の奥へと進んで行く。

そしてナージャの悲鳴をかすかに聞き、俺の頭は真っ白になった。

その時、なぜかナージャのいる方角が分かったが、一心不乱に向かうと、五匹のゴブリンに囲まれているナージャの姿を見つけた。

ナージャは手に棒切れを持って必死に振り回し、威嚇していた。だがゴブリンたちは余裕の表情を崩さず、むしろあざ笑っているかのようだった。

俺は弓を構えようとしたが、狙いを外してナージャに当たってしまったら？　と弱気になった。焦った俺が選んだのは最悪の選択肢だった。すなわち、大声をあげて殴り込むという暴挙。せめて無言で近づき、一体でも殴り倒せれば状況は有利になっていただろう。けれど、そんなことが思い浮かばない俺は、ナージャの前に立ち塞がることだけを目指した。

俺は、大声でわめいて手に持った木剣をめちゃくちゃに振り回しながら突進した。運よく力一杯に振り回した切っ先がゴブリンの目元に当たり、ひるませることに成功する。

俺は何とかゴブリンの包囲網を抜け、ナージャの元にたどり着いた。

「アレク！」

「ナージャ、無事か？」

「うん、だいじょうぶ。怖かったよ……」

必死に涙をこらえるナージャに安堵するが、状況は悪化していく一方だ。俺が殴りつけたゴブリンは怒りで口元に泡を噴きながらわめいている。

というか普通に命の危機だ。訓練をしているときにいつも口にしていた「いざというとき」が、まさに今だった。

「走れるか？」

「……うん、がんばる」

「俺が突っ込むから、すぐ後についてくるんだ」

「わかった」

ナージャが俺の服の裾をぎゅっとつかむ。最初はすごく震えていたが、徐々にその震えが収まっていく。

「うん、だいじょうぶ。行こう！」

「よし、行くぞ！」

後ろにいて顔も見えないのに、なぜかナージャが頷いたのがわかった。

俺は大きく息を吸い込んで、喉が張り裂けんばかりに声をあげた。

「うおおおおおおおおおお！！！」

その声にわずかにゴブリンたちがひるんだ。

俺は一番近くにいたやつに、教わった型通りに渾身の力で木剣を振り下ろした。すると骨を砕くいやな感触がした。けれど怯んでいる暇はない。そのまま足を進め、次のゴブリンを殴り倒す。ミシッと少し木剣がきしんだ気がした。

俺たちを取り囲んだゴブリンは五匹。うち二匹を叩き伏せた。さらに足を進めようとしたが、最初に目元を殴りつけたゴブリンが棍棒を振ってきた。

「これなら父さんが振ってくる剣の方が速い！」

真っ向から打ち合ったら力負けする。だから俺は、体を横にずらして空振りさせ、体勢が崩れたところを水平に木剣を振り抜いた。

顔面を痛打されたゴブリンは血を噴いてもがいている。残りの二匹は驚いたのか、その場で立ち尽くしていた。

この隙を逃さず俺は、ナージャの手を引いて来た道を戻った。このまま逃げ切れる。そう思った時だった。後頭部に衝撃が走った。

俺はバランスを崩して転倒した。チカチカする視界の中、石を投げつけてくる新手のゴブリンを見つけた。ゴブリンは他にもいたのだ。

再び俺は、ナージャを背後にかばい、飛んでくる石を木剣で弾くが弾き切れず、次第に傷を受けてゆく。

絶体絶命な状況で、さらに一回り大きなゴブリンが現れた。そいつはでっかい棍棒を振り回していた。

ナージャがいることに加え、離れたら別のゴブリンが襲ってくるかもしれず、応戦する以外の選択肢はなかった。

俺は敵の攻撃を数度受け止めたが、攻撃が激しく、どんどん手がしびれてくる。

「アレク！　アレク！」

後ろから聞こえてくるナージャの呼びかけも涙声だ。ナージャを泣かすとは……許せんと俺は奮起し、ゴブリンが振り下ろす棍棒に対して、全力で木剣を叩きつける。

相手の攻撃を弾くことができたが、ついに木剣が限界を迎えた。木剣は根元から折れ、同時にゴブリンの棍棒も吹っ飛んでいた。

「逃げろ！」

今度こそこの機会を逃すまいと、俺はナージャに声をかける。俺も同時に走りだそうとしたが、急に腹に違和感を感じた。

その正体は腹に突き刺さる剣が生む、異常なまでの灼熱感だった。

## 第11話　龍王との契約

「アレク！　アレク！　死なないで！」

ナージャは深紅の瞳を潤ませて俺にすがり付いてくる。

「ばか……にげ……ろ」

「アレクを置いて行くなんて嫌だ！」

「俺は、お前を死なせたくないんだ、わかって……くれ」

「いや、いや！　いやあああああああああああああああ！」

ナージャの絶叫が森に響く。彼女の涙が零れ落ち、俺の頬で弾けた。俺をかばうかのように身を投げ出し、覆いかぶさる。

追いついてきた別のゴブリンが醜悪な笑みを浮かべて、棍棒を振り上げた。

その瞬間、世界の様相が変わった。

まるで世界が静止して、時が止まったようだった。

ゴブリンがナージャに棍棒を振り下ろし、今にも彼女の頭を砕こうとする瞬間で止まっていた。

ふと気づくと、全身を黒い衣服に身を包んだ黒髪で、ナージャと同じ紅い眼をした男がこちらを見ていた。

「助けて！　俺はどうなってもいい！　ナージャを、ナージャを助けて！」

すがるように俺が絶叫すると、男はふっと口元をゆがめた。

「力が欲しいか？」

「欲しい！」

俺は、その問いに即答する。

「なぜ力を欲する？」

「大事な人を守るためだ！」

「それは、そこの娘か？」

「そうだ！」

「血がつながらぬ娘をなぜそこまで大事にする？」

「そんなの関係ない！　俺はナージャがいるとホッとする。笑顔を見ると温かい気持ちになる。最初は爺ちゃんと約束したからだったけど、今は俺自身がナージャを守りたいんだ！」

俺が一気に宣言すると、男は目を見開いて驚いたような表情を浮かべていた。

「……ククク、面白い。小僧、それはな、愛というのだ。お前はその娘を愛しておる。そういうことであろうが？」

「よくわからないけど……きっとそうだ！　俺はナージャを失うくらいなら、世界が滅んでもいい！」

それこそよくわからないままに宣言した一言が、男の琴線に触れたのだろう。その仏頂面に初めて笑みを浮かべた。

「よかろう、小僧、お前の命をそこの娘に捧げる。その覚悟はあるんだな？」

「小僧じゃない。アレクだ！　あとな、最初に何でもするって言ってるだろ！」

「いや、どうなってもいいとは言っておったがな……まあ、よかろう」

そう告げると男は左眼に手を当てた。

「ぬうううううううううん!!」

苦悶の声を漏らしつつ、左眼から手が離れたとき、その掌には深紅の宝玉のようなものが乗っていた。そして、男の左眼のあったところは空洞がぽっかりと空《あ》いている。

「我が左眼を捧げん。彼の者アレクに龍王たる我の祝福を。いざ！　騎士の誓いを立てよ！」

「えっ……俺は命の限りこのナージャを守り抜く！　龍王様に誓う！」

よくわからないが目の前の男は、自らを龍王と名乗った。だから騎士であることをその龍王とやらに誓った。

「ふん、よかろう。この力を受け入れれば貴様は人ではなくなる。わかったな？」

「かまわない！」

「なれば龍王の眼を受け入れる試練、見事乗り越えてみせよ！」

深紅の宝玉はすっと浮かんで、俺の胸に吸い込まれた。その瞬間……全身をバラバラに引き裂かれんばかりの激痛が襲う。

「貴様が龍の力をねじ伏せるまでその痛みは続く。時は我が力にて止めておる。永劫に続く苦しみを味わうことになろう。無理だと思ったら力を吐き出せ」

「ぐああああああああああああああああああああああああ！！！」

「ふん、もはや思考もかなわぬか。ただの子供ゆえにな。仕方あるまい」

何を言っているかよくわからないが、体内をすさまじい力が暴れまわっている。それだけはよくわかった。

全身を苛む激痛の中、俺はふと思った。俺がいなくなったらナージャは、どうなるんだろう？悲しんでくれるかな？　それともうるさいのがいなくなってせいせいするのだろうか？

俺がいなければ、ほかの誰かがナージャを守ってくれるのだろうか？　……誰・・・か？

想いと共に様々な光景が頭をよぎった。ナージャが俺以外の男に笑いかける。ナージャの結婚式、俺じゃない男が彼女の手を取っている。

子供を抱くナージャ。父親は俺じゃない……というあたりで、何かが切れた。

「ふっざけんなあああああああああああああああああ！！！」

俺は湧き上がった激情に任せて痛みをねじ伏せる。すると心臓のあたりに脈打つ力を感じた。心臓からあふれ出す力を元に戻すようにイメージする。力を掌の中に収めるように胸の前で握りしめた。

「なんたることだ。嫉妬で我が力をねじ伏せるか。傑作だな。わはははははははは!!」

男は大笑いしていた。

「いいだろう。貴様に我が娘を託そうではないか！　龍の娘は嫉妬深いぞ！　だがな、心を許した相手には地獄の底であろうと付き従うであろうよ！」

「ってあんた……じゃない、あなたはナージャの？」

「父親である。くっくっく。アクセルめ。我を封じた憎き相手ではあるが、我が願いをこうして叶えてくれおったか。このような愉快な思いは久々じゃ」

「えっと……お義父さん！　ナージャを俺にください！」

「よかろう。というかだな、先ほど貴様に託すと伝えたであろうが。祖父譲りじゃな。人の話を聞いておらんところは」

「え……？」

「よい、話はあとじゃ。ほれ、時が動き出す。あの不埒な亜人どもを塵に帰せ！」

「おう！」

＊＊＊

ふっと意識が戻った。ナージャの身体をかき抱くと、左手を伸ばし棍棒を受け止める。

どくどくと脈打つように力が溢れてくる。その力がほとばしるままに棒を握りつぶした。

それと同時に、額に目が開いたような感覚がした。その感覚に身を任せると、まるで空から見下ろしたかのようにゴブリンどもの配置がわかった。

俺はなぜかエナジーボルトを唱えることができ、それを放つことなく留めて分割し、それぞれのゴブリンの急所に向けて放った。

急所を貫かれたゴブリンたちは、悲鳴すら上げる間もなく息絶える。

絶大な力にあてられた俺は、ひたすら笑い続けていた。

「お父様？」

俺の体内に脈打つ魔力に気付いたナージャの顔が曇る。

「お父様、助けていただいたことは感謝いたします。けど、アレクを、アレクを人に戻して！」

黒い靄のようなものが現れ、ナージャの目の前で止まった。

（ナージャ、我が娘よ。これはこやつが望んだ結果じゃ）

「それでもです。わたしはアレクが龍王の騎士になることを望みません。龍の敵を滅ぼす、殺戮のためだけの存在にしたくありません……」

（そうか、なれば一度は猶予を与えよう。しかしな、我が左眼はすでにこやつと共にある。故に、いつの日か力が目覚めることになるであろう）

「その時、アレクが力を使いこなせれば……？」

（その時はこいつは史上二人目であるな。人の身として龍の力を御しうるというのは）

「わかりました。わたしはアレクの心を強くします。そしていつか、アレクと子を成します」

（血を繋ぐか。いいだろう。そなたはすでにこやつと名を取り交わしておる）

「ええ、ただの龍の子から〝ナージャ〟になったのはアレクのおかげです」

（アクセルがこやつにそなたを預けたのは故あってか。まあ、よい。我はこやつの中で眠りにつこう）

「ええ、お父様、どうか安らかに」

（ふん、心臓はアクセルに奪われておる故な。婿殿の左眼を通じて人の世に触れるも悪くあるまいよ）

　俺の中で脈打つ力が止まる。そしてそのまま俺は意識を失ったのだった。

　意識を失う前に、龍の力のひと欠片がナージャの方にも飛んだ。それは、俺とナージャの記憶を必要な期間封じるものだったのだろう。ニーズヘッグは残された力のほとんどを俺に譲り渡し、眠りについた。

　魂のみの存在となっていた彼が再び目覚めるのは、村が魔物の群れに襲われる日のことで、その後も俺の中で思念だけの存在となり、外界に干渉する力を失ったらしい。

＊＊＊

ゴブリンとの戦いの後、目を覚ました俺は、龍の力を手に入れたことをすっかり忘れてしまっていた。ただ覚えていたのは、いつか経験を積んで、今よりも強くなるんだという気持ちだった。

いつしか強くなることが目的になって、ナージャを守る本来の目的を忘れかけてしまった。でも今なら、忘れていたのは、龍王が記憶を封印していたからだとわかった。そして俺は、ナージャを守るという自身に課した使命を改めて心に刻んだ。

## 第12話　モフモフが家族になりました

意識が浮上する。夢の中で俺は全てを思い出していた。周囲を見渡すと、俺は自宅のベッドの上で、隣ではナージャが俺の手を握っていた。

「アレク！」

ナージャが俺にしがみついてくる。それと腹の上に何やらモフモフした生き物がいた。

クリっとしたつぶらな目をこちらに向けてくるモフモフ。そういえば、こいつを拾って帰ってすぐに出撃したから、すっかり存在を忘れていた。

「大丈夫なの？」

「ああ、問題ない。あと……ぜんぶ思い出した」

「そう……」

ナージャはわずかに悲しげな目をした後、微笑んだ。

「わたしも思い出したよ。ここに来てからのことを全部」

「そっか、大丈夫か？」

「うん！　だってアレクがいるし。そういえば、アレクは大丈夫なの？」

「ああ、今はあのときみたいに力に振り回されてないのがわかるんだ」

そう伝えると、俺は掌を真上に向けてそこに力をイメージする。

深紅の魔力がルビーのような輝きを放って現れた。

「きゅー！」

その魔力の塊をなぜかモフモフが口に入れた……っておい!?

「モフちゃん!?」

ナージャが仮に付けた名前はモフらしいが、魔力の塊を吸収したモフモフは、全身真っ白な毛におおわれていたが、額のあたりの毛だけが黒く染まっていた。何やら満足げな表情を浮かべている。

「ところで、こいつって……なに？」

「んー、多分だけどフェザードラゴンだと思うよ？」

「へー、大きくなるの？」

「ある程度の経験を積んだドラゴンなら、大きさは変えられるし、人を乗せるくらいはできるかもね」

「はは、それはいいなあ」

というあたりでモフモフことフェザードラゴンが口を開いた。

（主様、奥方様、わたくしにお名前をいただけますか？）

ナージャと顔を見合わせる。

「しゃべったよな？」

「……うん」

「ドラゴンってみんなしゃべれるんだっけ？」

「一部の古龍とか、レベルが高くなった存在なら……あとは」

（先ほど魔力をいただき、眷属となりました！）

なんかドヤ顔でモフモフが宣言する。

「あれってつまみ食いっていうよね……？」

「うむ、飼い主の許しなしに餌を食べるとは、躾《しつけ》がいるな」

というあたりで、微妙に涙目になったので、ふさふさの毛並みを撫でてやる。手触りは最高だった。ナージャの髪の次くらいには心地よい。

（えと……名前、付けてくださいませんか？）

「ああ、そうだな。いつまでもモフとかだとよくわからないし」

「そうねえ。モフでいい気もするけど。可愛いし！」

「それでいい？」

モフモフは再び涙目で首をブンブンと振っている。どうも嫌らしい。

（主様につけていただく名前が重要なのです！）

「うーん、そうだな……お前の名前は〝フェイ〟だ。どうかな？」

（ありがとうございます！　我は空を駆け巡る者！　ニーズヘッグ様の祝福を得た騎士、アレク様の眷属とならん！）

なんかすごく物々しい宣言がなされた。

フェイの中で、先ほど飲み込んだ俺の魔力が渦巻き……弾けたように見えた。

ナージャが呆れたようにフェイを見る。子犬サイズから大型犬サイズに成長していた。

「あらー……」

「フェイ、だよな？」

もの凄い勢いでしっぽを振っている。わんこか!?

「主様、奥方様。我が名はフェイ。空を駆ける竜となれました。コンゴトモヨロシク……」

「あ、ああ。よろしくな」

「ふわあああああああ!!」

ナージャがフェイに抱きついた。毛並みに顔をうずめて頬ずりしている。

「お、奥方様？」

「ナージャ」

ナージャがすこし目尻を上げてフェイを見る。

「は、はい？」

フェイは何か粗相《そそう》をしたのかと少しびくついていた。

「わたしの名前はナージャ」

「存じております……？」

「そんなお堅い呼び方嫌なの」

「は、はあ……」

「ナージャって呼ばないと、ずっとモフモフするからね！」

「いえ、それはむしろご褒美ですが……ああああああああああ！」

とりあえず、俺の嫉妬の視線を受けてフェイがガクブルし始めた。ナージャは渡さん！

「え、えと……ナージャ様。これでよろしいですか？」

「もー、しょうがないなー。それでいいよー」

ナージャは満面の笑みを浮かべてフェイを撫でている。手つきが優しい。フェイも目を細めて喉を鳴らしている。

一軒家に綺麗な奥さんと可愛いペット。幸せってこういうのを言うんだろう。

「ペットじゃないですー！　眷属です！」

「どう違うの？」

「う……私は主様を……」

「うん、癒してくれるんだよな」

「ふぇ？　ええ、回復魔法のスキルはありますよ？」

なんというハイスペック。空も飛べるし、回復もできるし、てちてちと俺を叩いていた手には、がっつりと鋭い爪が付いていた。下手な冒険者より強そうだ。

というあたりで、ドアがノックされた。

「アレク！　ナージャさん！　ゴンザレスさんが目覚めたぞ！」

マークだった。とりあえずフェイが器用にドアを開けて、出迎える。

「ぶわ!?　魔獣!?」

うん、たしかに大型犬サイズの白いモフモフで、魔力感知ができるから魔獣だよね。

とりあえずフェイには今まで通りのサイズになってもらい、俺の頭の上にぽすっと乗っからせた。

「アレクが……かわいい……」

ナージャがなぜか顔の下半分を押さえてプルプルしていた。

＊＊＊

マークの案内で俺たちは、ゴンザレスさんの元に向かった。

場所は村長の館だ。大広間にシーツを敷き、まさに野戦病院の様相だった。

「ゴンザレスさん！」

ベッドで包帯まみれになって転がっているゴンザレスさんを見舞う。

ゴンザレスさんはトロールを三体討ち取ったところで、力尽きて倒れたらしい。満身創痍で、治癒魔法が間に合わなかったら死んでいた可能性もあったそうだ。

「おう、アレク。やっぱりお前はすげえやつだったな」

ゴンザレスさんがガハハハハと豪快に笑い、ほかの冒険者たちも一緒になって笑いだす。口笛や指笛も鳴り響き、クエストが終わった後の打ち上げのような雰囲気になってしまった。

とりあえず、俺はゴンザレスさんに事情を説明した。

子供のころに龍王の力を受け継いだこと。その力と記憶を封印するために、すべてのスキルが使えなくなっていたこと。ただ、今回も使った知覚魔法を無意識に使っていて、それで危険を避けていたと思われることなどだ。

「私のお守りはね。龍の力がこもってるの。お父さんの……力の欠片」

「だから、知覚魔法が使えていたのかもな」

「うん、きっとそうだよ」

そうしてすっと体を寄せあおうとしたあたりで、ゴンザレスさんの咳払いが響き、慌てて周囲を見渡すと、それとなく話を聞いていたパーティのみんなのニヤニヤ笑いが目に入った。

「ガハハハハ！　仲がよさそうで結構なこった！」

ゴンザレスさんの笑いに周囲がつられて笑いだす。

改めて生き残ることができた安堵が広がっていく。それは、笑っている皆も一緒だったのだろう。

# 第13話　復興を始めようとしたらなんかえらいさんが乗り込んで来た

ゴブリンキングによる襲撃は、近隣の村々にも衝撃を与えた。

各村では、防衛設備や警戒に力を入れ、冒険者を雇い入れ始めたらしい。おかげで北の地はちょっとした特需で沸いている。

ゴンザレスさんたち冒険者は、引き続き村の復興に力を貸してくれるとのことだった。

「俺たちはアレクに命を救われた！　じゃあ、その恩を返すのは当たり前だよな！」

ゴンザレスさんの一言に、異を唱える者はいなかった。全員がこぶしを突き上げ、賛同の雄たけびが上がったそうだ。

ゴンザレスさんは、春まで村に留まってくれることになった。仕事のうわさを聞きつけてやってきた冒険者たちのまとめ役となり、うちの村だけでなく、冒険者を近隣の村に派遣しているようだ。

今回、トロールを倒したことで、ゴンザレスさんの名声に箔が付いたらしい。もともとハイリスクな仕事は避けて堅実さが売りだったため、華々しい活躍には縁がなかった。

しかし、今回の大活躍でギルドからも称賛が寄せられ、パーティのランクも上がったようだ。

そのついでとばかりにギルドにも交渉して、ティルの村に簡易出張所を設置してくれるように手配してくれた。そしてギルド員を率いてきたのは、レンオアムでなじみのあの受付嬢、チコさんだった。

そんなゴンザレスさんはうちに来てぼやいていた。

「ランクアップはいいんだけどよ。今回の結果はまぐれだって言っても聞きやがらねえ。まあ、ギルドから出た報奨金はこの村でパーっと使うけどな。設備や家の修理に、失った物資の買い付けとか、いくらあっても足りねえだろ」

「それはそうなんですが……いいんですか？」

「これはあれだ。いわゆるあぶく銭ってやつだ」

「命がけで稼いだお金でしょう？」

「いいんだよ。ギルドの連中がお前のことなんて言ってたか知ってるか？」

「ああ、エターナルノービスですか」

「何が永遠の初心者だ！　アレクに手入れしてもらわにゃ武器をさび付かせるようなやつがよ」

「あはは、あのときは俺、戦いの能力なかったですからねえ」

「そうか？　今回、援軍に駆け付けてくれたお前の戦いぶりは様になってたけどな？」

「いやあ、あはは」

照れて鼻の頭をかく俺を見て、ゴンザレスさんは髭もじゃの顔をニカっとゆがめた。

「まあ、こんな嫁さんいたら一皮むけるわな。全く、うらやましいこった」

俺とナージャはそろって赤面していた。足元でフェイはくるっと丸くなって、寝息を立てている。

＊＊＊

ティルの村は、ゴブリンキングの討伐とそのほかの亜人種の討伐功績がギルドに認められて、それなりの褒賞を得ていたが、何より死人は出なかったのが幸いだった。

だが、この死人が出なかったという結果が悪い方に転がるとは、思いもよらないことだった。死人が出なかったために、村への支援要請が却下されたのだ。それどころか、税は例年通り支払うようにと言ってきた。そして、こんな時に窓口になるはずの村長は、村にいなかった。

村長は、この辺を治める領主の一族だが、あの事件のとき、異変を感じると直ぐに、ジーク爺さんにすべてを丸投げして逃げ出していた。

もっともジーク爺さんが、逃げ出す村長をとっ捕まえて、何かあれば館に立て籠もることを了承させたことは、ファインプレーだった。

事件以後も、ジーク爺さんが村人の取りまとめをしているが、本来は権限がない。

＊＊＊

そうこう困惑しながら日々の生活を送っていると、街道をやたら立派な馬車がやってくると連絡が入った。

村の中に入ってきた馬車の紋章は、このあたりの領主であるラードーン子爵家のものだった。

馬車の扉が開き、やたらお金がかかってそうな感じの、ゴテゴテした衣服を身につけた男が降り立った。どうやらあれが子爵本人らしい。

横に控えているのは村長だった。村長は何か企んでいるのだろうか嫌らしい笑みを浮かべている。彼らのほかに、見た目は立派な鎧に身を包んだ兵が十名ほど付き従っていた。

「この村か！　龍の加護を得たといわれる者がいるという噂の村は！」

その一言に村人がざわめく。

「大したことのない襲撃をことさら騒ぎ立てて、援助をだまし取ろうとしたのだろうが！　わしは騙されんぞ！」

その一言を聞いたジーク爺さんとゴンザレスさんが、頭から湯気を噴き出している。ありていに言えばブチ切れていた。

「ゴブリンキングの討伐はギルドでも認めたことですが？」

ゴンザレスさんは見た目は平静を装って話しかける。ただこめかみが引きつっていた。

「偽造したのだろうが！」

うん、こいつはだめだ。真っ向から喧嘩を売っていることに気付いていない。依頼の取りまとめに来ていたチコさんもポカーンとしている。

そして、子爵の目が俺に向いた。

「おう、貴様か。龍王の騎士になったとほざいているのは！」

「何のことでしょうか」

なるべくシレっと答えてやる。こっちは命がけで戦ったんだ。それに真っ向からケチをつけるやつにまともに答えるつもりはない。

「ふざけるでない！　そんな伝説の存在がいてたまるか！」

なんと言われようが、俺は龍王の騎士だ。それだけは譲れない。

「まあいい。こんな不届き者がいる村だ。さぞかしため込んでいるんだろう。税は倍だ！」

その宣言に村人たちが再びざわめく。が、子爵が引き連れてきている兵の圧力に、すぐに口を閉ざした。

「無茶を言わないでいただきたい！」

ジーク爺さんが声を張り上げる。もともと名の知れた冒険者で、元は国の騎士だ。その迫力はへっぽこ貴族の比ではない。

「なんだと？　領主たるわしに逆らうか！」

「領主ならまず領民を守るところから始められよ！　命がけで戦った領民に手を差し伸べないばかりか、詐欺師呼ばわりとは、恥を知れ！」

「やかましいわ！　わしがわしの領地をどう扱おうが勝手であろうが！」

ジーク爺さんと子爵が睨み合っている。

「そうじゃ、この条件を飲めば税は普段通りにしてやろう。そこの娘を差し出せ」

そう言って指さす先にはナージャの姿があった。

俺の中で何かが切れる音がした。

# 第14話　王都へ

暴発しそうになった俺をとどめてくれたのはナージャだった。

「アレク、だめ。ここでこの人を消し飛ばしても何の解決にもならないわ」

うん、消し飛ばすの前提とか俺のことをよくわかってる。

「じゃあ、どうしたら？」

「とりあえずジークさんに任せましょう」

ふと気づくと、ジーク爺さんが子爵と交渉を始めていた。

なるべく税を納められるように努力する。期日はいつもの時期で問題ないか、などと条件をすり合わせている。

ナージャを渡さないために無理難題を少しでも和らげようとしてくれていた。

「ふう、何とか引き延ばせたわい」

「爺さん、すまない。ナージャのために」

「何を言うか。ナージャちゃんがいなかったら死んでいたやつが大勢おるわい」

というあたりで周囲の冒険者や村人たちがうんうんと頷いている。

「それにじゃ。アレクがおらんかったら、わしらみんなゴブリンの腹の中じゃ」

どっと笑いが起きる。いや、笑うところじゃないよね？

＊＊＊

その晩。どうやってこの問題に対処するかの話し合いがもたれた。

まずありがたいことに、ナージャを引き渡すという選択肢は最初からなかった。

とりあえずお金を稼いで、税を納めること自体はできなくはない。ただ、それをやっても次はもっとひどい難題をけしかけてくるだろう。そうなると、そのあとはどうするかという話で、案が出た。

「王都で訴え出るのがよいだろうな」

「王都？」

「ああ、俺も若いころに一度行ったことがあるが、貴族の横暴を訴えるための役所があったはずだ」

ゴンザレスさんの言葉にみな喜色をにじませる。何とかなるかもという希望だ。

「だが問題は二つある。まず、ここから王都まで軽く二か月はかかる」

この前までいたレンオアムからさらに一か月ほどの距離だという。ここからだと最短で二か月はかかる計算だ。

そして、もう一つの問題。納税の期限が一か月後ということだ。

王都との往復に四か月かかるし、手続き自体にもどれくらいかかるかわからない。解決策としてはまっとうだが、いきなり暗礁に乗り上げてしまった格好だ。

「主様、わたくしのことをお忘れか？」

話し合いから帰って、俺がぐったりしているとフェイが話しかけてきた。

「ん？　なんのことだ？」

「ええ、屋根の上で聞いておりました。わたしの翼なら数日で王都まで行けますよ？」

「それだ！」

とはいえども、フェイのことを明かすのはまた問題が起こりそうであった。

「いいんじゃない？　別に。たぶん大丈夫よ」

ナージャはのほほんとそんなことを言ってくる……方法はこれしかない、か。

とりあえず、俺とナージャを乗せられるくらいまで大きくなってもらったフェイを連れて、寄り合いの場所になっているジーク爺さんの家に向かった。

フェイが大きくなっているのを見て、ジーク爺さんもさすがに驚いたので、かいつまんで事情を説明する。

龍王の騎士になったことで、俺は人間離れした魔力を扱えること、そしてその魔力でドラゴン族のフェイを自分の眷属にしたことを話した。

「はー、アレク、おめえってやつは……」

ゴンザレスさんもさすがに驚いていた。

「ドラゴンを飼いならすとかとんでもねえな……。そうか！　フェザードラゴンってことは……飛べるってことか!?」

「ええ、俺とナージャを乗せて王都へ飛んでいきます」

「この国は龍信仰のあつい国だ。ドラゴンを従えているとなれば……アクセル卿以来か」

「はは、あやかりたいですね。一応孫なので」

俺の言葉にゴンザレスさんが驚きの表情を浮かべる。

「そう、だったのか。お前には何かあるとは思ってたが……」

雰囲気を感じ取ったジーク爺さんがそこに入ってくる。

「アレク、お前に頼もう。何から何まで頼りきりですまんが……」

「いいんです。この村は俺の故郷で、ずっとここで暮らしたいですから」

「では、手紙をしたためよう。わしの孫は王都で働いておるのでな」

と言うと、マークが話に入ってきた。

「ジーク爺さん、引退したら王都で隠居のつもりだったのかあ」

「いいじゃろー。わははははは！」

ふんぞり返るジーク爺さんと笑みをこぼすマーク。俺は急いで家に帰り、ナージャとともに旅の支度をする。

「うふふふふー」

上機嫌なナージャだが、この旅の大変さを理解しているのだろうか？

「ナージャ、遊びに行くんじゃないんだぞ？」

「ええ、わかってるわ。けどね、アレクと旅に出られるなんて夢みたい！」

「ナージャ……」

ふと見つめあう。明日早朝の出発でなければ、準備をほったらかしていつまでも見つめ合っていたい気持だった。

フェイが「クルルル」とのどを鳴らさなかったら、朝まででも見つめ合っていたかもしれない。

「つといかん。荷物はこんなもの？」

「保存食をもう少し持っていきましょうか」

「了解」

そんなこんなで夜は更けていった。

＊＊＊

翌朝。村人とゴンザレスさん率いる冒険者たちの見送りを受けて、俺たちは村の広場に立つ。

「これを王都の騎士詰め所に見せるがいい。孫の名前はシリウスじゃ」

「わかりました。必ず良い結果を持ち帰ります！」

「ああ、アレクなら大丈夫じゃ」

にっこりと笑うジーク爺さんは、まるであの日の爺ちゃんのようだった。

フェイの背中の上によじ登り、ふわふわの毛並みに埋もれると、そのまま眠ってしまいそうなくらい心地よい。

「じゃあ、みんな、行ってくるね！」

ナージャが笑顔で手を振る。俺も自警団のメンバーに向けて親指を立てた拳を向けて、互いの幸運を祈った。

「では、行きますよー」

のほほんとした口調でフェイが宣言すると、フェイの体を覆う毛並みに魔力がいきわたる。

そして、軽く地を蹴ると、何もない場所を踏みしめて、空へと駆け上がる。

魔力解析によると、空気を操って固まりを作り、そこを踏みしめているのだが、同時に毛並みで気流を操り、前に進む力に変えている。

上空から見る景色は美しく、はぐれ雲が鏡のような湖の水面に映り込んでいた。そのまま南へ向け、フェイは加速してゆく。

「わあああああああああああ！」

ナージャはその景色に歓声を上げていた。

# 閑話　とある冒険者の回想

俺はゴンザレス。しがない冒険者だ。

冒険者というといろいろといるが、世間一般で言う「かっこいい」冒険者ってのはほんの一握りだ。一つまみでもいいいかもしれん。

食うや食わずのならず者もいるし、はっきり言えばまともではない人間も多い。それでも気のいいやつもいるし、俺はパーティの連中を家族だと思っている。

アレクもそんな一人だった。冒険者だといっても飛び抜けたスキルがあるやつはめったにいねえ。むしろ、使い道のないスキルをなんとかしようとして冒険者になるやつも多いくらいだ。そしてアレクには……そもそもスキルが全くなかった。

スキルってのは神様の加護が形になったものだと言われている。それがないってことは、この世じゃ見捨てられたも同然ってことで、あいつに対する風当たりはすごく強かった。無能と無視されるのはましな方で、意味もなく悪意を向けられたこともある。

加護がないということは神に見捨てられた――要するに、あいつなら何をしてもいい。そんな極端な考えをするやつもいたからな。

だからってわけじゃないが、俺はあいつのことを気にかけていた。スキルがないことに腐ることもなく、境遇を嘆いて自棄《やけ》になるわけでもなく、自分の仕事を確実にこなそうとする姿勢が気に入っていたんだ。

それにだ。誰も気づいていないようだったが、あいつにはスキルとしか思えない能力を発揮することがあった。悪意のあるトラップや危険に非常に敏感だった。

格上の魔物が出る場所には近寄らないし、ダンジョンでも待ち伏せやトラップは、ほぼ確実に回避する。

はっきり言えば、突撃するしか能のない連中よりも役に立っていると思っていたくらいだ。

それを言っちまったらいろいろまずいってのは、さすがに俺でも理解しているけどな。

「ゴンザレスさん！　いつまであの無駄飯喰らいを置いとくんですか！」

また来やがった。責める口調ではあるが、こいつなりにアレクを気遣っているのはわかってる。冒険者として芽が出ないやつに、これ以上危険な仕事をさせるなと言っているんだ。

「ああ、わかってるよ。ただな、アレク以上にきっちり雑用をこなすやつがいるか？」

「そんなもん俺だって……」

「そうか？　この前見張り中に居眠りしたのは誰だ？」

「う……けど、アレクが起きてたって何の役にも立たないじゃねえか？」

「大声で俺たちを起こすくらいはできるだろうぜ。あとはアレク以外にまともな飯が作れるやつがいるのか？」

「いや、俺たちは冒険者だぜ？」

「だから何だ。冒険者だから飯がまずくてもいいってのか？」

「……そうは、言わねえけどよ」

「まあ、あれだ。お前は口は悪いが、アレクを気遣ってるってのはわかってる」

「いや！　俺は、別にあんなやつのことなんざ……」

「だからだ、次のクエストが終わったら、俺からあいつに話をする」

「……ああ、すまねえ」

俺はこいつの肩をポンっと叩くと、久しぶりに頭をガシガシ撫でてやった。

こいつはガキの頃から俺のパーティにいる。もっとランクの高いところに移籍してガンガン稼げって言っても行きやがらねえ。

アレクもこいつも、息子みたいなもんだ。こいつの言い分もわかるんだが、なあ。

悩んだあげく、俺はアレクと話をした。少し悲しげな顔をされたが、自分でもわかっていたんだろう。最後には笑顔でうなずいてくれた。

「じゃあ、故郷に帰って嫁さんもらって、のんびり過ごしますよ」

「へっ、あてはあるのかよ？」

「ええ……幼馴染の子がいまして……」

そう言って少し顔を赤くして答えたアレクは、少し大人びて見えた。

＊＊＊

アレクが行ってしまってから三か月ほどが過ぎたころ、受付嬢のチコが少し悩んでいるようだった。

「どうしたい？　なんか困った依頼でもあるのか？」

「あ、ゴンちゃん……これ見てくれる？」

チコがぺらっと依頼書をこちらに滑らせてきた。

「ゴンちゃん言うな……って、ティルの村!?」

「ええ、アレクちゃんの故郷なのよ。なんかきな臭いみたいでね」

「俺のところで受ける」

「……報酬の欄を見た？」

「金じゃやねえ」

「いつもありがとね。あたしの権限を超えてでも支援するわ！」

チコからもたらされた情報によると、ティルの村周辺で魔物が活性化しているという内容だった。俺はパーティの連中に最優先で集合の連絡を回し、遠征の準備を始めた。

「ティルの村は山の幸が豊富らしいぞ。うまい酒もあるそうだ」

「そうだ！　アレクの嫁さんを拝んできましょうや！」

「そうだな！　とびっきりの美人らしいぞ！」

それこそ、持ち出しになりそうな報酬額でも仲間たちは不満一つ言うことなく、軽口を叩きながら準備を始めてくれた。そのことがすごくうれしかった。

＊＊＊

ティルの村までもう少しっていうところで、俺たちは魔物の奇襲を受けた。

「円陣を組め！」

「「おおおおう!!」」

襲ってきたのはゴブリンだ。数は多いが撃退はできると思っていた。

「くそ、なんてこった！　しつこすぎる！」

倒しても倒しても、何者かに操られているかのように襲いかかって来る。最初は余裕で撃退していたのが、数の暴力に押されつつあった。

「ひるむな！　助けが来るまで持ちこたえろ！　アレクが応援を連れてくる！」

アレクの名前を聞くと仲間たちはふっと笑みをこぼす。

「ふん、アレクに助けられて恩を着せられるなんてごめんだ！」

「そうだな！　先輩の意地ってやつを見せてやろうぜ！」

どうにかして伝令に出したヒヨッコは、何とか村にたどり着いていたようだ。

ゴブリンどもの包囲網は援軍により外側から攻撃を受けたが、先頭には……アレクがいた。

片手剣を振るう姿が妙に様になってやがる。少しにじむ視界をごまかしつつ、殿《しんがり》に立って仲間を鼓舞する。

撤退戦を覚悟していたが、なぜか追撃はされなかった。

＊＊＊

何とか逃げ延びた俺たちは、村での防衛戦に突入する。久しぶりにスキル「剛力」を使ったが、負担がでかい。体が悲鳴を上げていたが、仲間が死ぬよりはいいと割り切って、限界を超えても体に鞭打って戦い続けた。

この危機を救ったのは思いもよらないやつだった。あのアレクがとんでもない魔力をまとって……空を飛んでいる。

空に手をかざしたと思ったら魔力弾が四方八方に飛んでゴブリンの軍勢を蹂躙した。

アレクはゴブリンキング相手に余裕で対峙している。その姿から負けはないと確信した瞬間、俺の意識は闇に閉ざされた。

＊＊＊

ゴブリンキング襲撃から数日。俺はとりあえず起き上がれるようにはなったので、村の復興を手伝いつつ、ギルドと連絡を取り合っていた。チコは約束を守ってくれ、手すきの冒険者を引き連れて自ら駆けつけてくれた。

俺は今日もアレクの留守を守ってティルの村の巡回をしている。

あいつは今頃どのへんにいるのだろうか？　王都でまたおかしなことになっているのだろうと思うと、少し笑みが漏れてきた。

# 第15話　誤解だと言っても信じてもらえないときはどうしたらいいでしょうか？

レンオアムを後にし、俺たちは王都へ向かい上空を飛んでいた。

「うにゅう……」

ナージャが幸せそうな顔で俺にしがみついて眠っている。

フェイの羽毛はふかふかで温かい。さらにそこに日差しが柔らかく降り注ぐから、これで眠くならないのは嘘だ。俺がうとうとしているとフェイが急を告げた。

「主様。少し先で争いが起きているようです」

「ん？　わかった。とりあえずそっちに向かって進んでくれ」

俺は意識を額に集中し、第三の眼を感じ意識を広げた。この速度で行くと数分で視界にとらえることができる。

実際捉えた視線の先には、やたら豪華な装飾がされた馬車が疾走しており、その周囲を盗賊っぽい騎馬が追いかけていた。

さすがに戦闘となればナージャを寝かせたままとはいかず、申し訳なく思いつつも起こすことにした。

「助ける？」

「むしろそれ以外の選択肢が見当たらないよね？」

「うん、そうだね」

ナージャは若干寝ぼけモードだ。

「主様。急降下して蹴散らしますか？」

フェイの姿を見せるのはあまりよくない。よって俺が単独で突っ込むことにした。

「とりあえず俺が行く。やばそうだったらフォローよろしく」

「了解です」

「はーい」

ナージャとフェイは軽く答える。

「風よ、我が意に従え！　フライ！」

俺は飛翔魔法を唱えつつ、フェイの背中から飛び降りた。

すると、怪しげな集団の中に魔法使いがいるのか、俺の魔力の波動を感じ取ったようだ。

「なんだ!?」

上空から見下ろす俺に驚きの声をあげる賊たち。

「空を飛んでるだと!?」

「馬鹿な！　飛翔魔法を単独で使うだと!?」

俺はとりあえず足止めをすることにした。

「魔弾よ、敵を撃て！　エナジーボルト！」

賊の目の前に魔弾を炸裂させる。半数はバランスを崩したが、残り半数は避けた。この時点で並みの賊じゃないことは確かだ。それこそ騎士クラスの技量だ。

それでも敵のかく乱はできたので、俺は逃げている馬車と並んで飛ぶ。

「なんだ、何が起きている⁉」

御者は混乱状態だ。

「えーっと、すいません」

「は、はい。今取り込み中なんですが……って、うえええええええ⁉」

俺が話しかけてみると、普通に返答が返ってきかけて、そのあと絶叫された。

「何事です！」

馬車の窓が開き、なんというか、やたらゴージャスな金髪縦ロールの少女が顔を出す。すっげえ、縦ロールとか初めて見た。

「あ、すいません、とりあえず助けようと思うんですけど、やつらぶっ飛ばしていいですか？」

「……え？　じゃなくて、お願いいたしますわ！　このお礼は後ほど、いかようにも！」

縦ロール少女は飛んでいる俺を見て一瞬固まったものの、即座にこちらに返答をよこすあたり、御者よりも肝が据わっている。しかも報酬の話をしてくるとは、素晴らしい対応と言わざるを得ない。

「了解！」

そう告げると俺は反転して追手の方に向かって加速した。

「飛んで、ますわね……」

「ええ、飛んで、おりますな……」

後には呆けたように会話する少女と御者がいた。

「というわけで、俺が代わってお仕置きだ！　くらえ、エナジーボルト！」

すれ違いざまに魔弾を叩き込むが、一人だけ防御に成功したやつがいて、

「燃え尽きろ！　フレアアロー！」

炎の矢を連射して迎撃してくる。だが、たかが人間の放つ魔法では俺が張っている龍の防壁は突破できない。

俺に当たる前にむなしく霧散していく。

「とりあえず次は……物理で殴る！」

俺は、すれ違いざまに平手で叩き、残った賊を馬から叩き落とした。

＊＊＊

追手が来ないと判断した馬車は徐々に速度を落とす。というか、馬も限界だったのだろう。

そのまま道の端に寄せて停止した。

馬車から降りた金髪縦ロールの少女は、にっこりと笑みを浮かべて話しかけてくる。

「ありがとうございます。おかげで助かりましたわ」

「いえいえ、通りかかったついでです」

「そうですか。ただこちらが命を救われたのは事実です。レンオアム公爵家の名において、必ずこのお礼はさせていただきます」

「そうですか。でしたら遠慮なく」

「ええ、何をお望みでしょうか？　ああ、わたくしとしたことが。命の恩人に名乗ってもいませんし、お名前を伺うのを忘れるとは」

なんか一人でまくしたて始めた。この人なんか苦手だ。

「わたくしはレンオアム公爵家息女、ヒルダと申します」

「は、はあ。ご丁寧にどうも」

「それで、あなた様のお名前を伺ってもよろしいですか？」

「ああ、俺……いや、私はティルの村のアレクと言います」

「ティルの村……先日魔物の襲撃にあった？」

「ええ、ちょっとそのことでごたごたがありまして、王都に向かう途中なんですよ」

「って、お待ちください。ここはレンオアムの南です。ティルの村からはひと月以上かかりますわよ？」

うん、そうだよね。というか、この人も侮れない。ひと月以上かかる距離の先の情報を握っているわけだから。手段はあるけどもそれは簡単じゃない。公爵家の名前は伊達じゃないわけだ。

というあたりで、頭上にモフっとした感触が落っこちてきた。フェイが俺の頭の上で丸まっている。さらに左腕になじみのある温度と感触がくっついてきた。見るまでもなくナージャだ。

「アレク……うー！」

なぜか涙目でナージャがこちらを睨んでくる。

「どうしたの？」

「アレクが浮気した……」

「いや、してないよ？」

「そっちのお嬢様と仲良く話してた」

「うん、そうだね。だけど浮気じゃないよ？」

自分の存在をアピールするかのように俺の腕に抱きついて離れない。ふにゅんふにゅんとした感触が俺の脳天を刺激する。

その姿を見て少女はぐっと胸を突き出した。その視線はナージャの胸元に注がれ、余裕の笑みを浮かべる。

ついナージャより立派だと思った瞬間、ピンポイントでつま先を踏み抜かれた。

「……グッ！」

悲鳴を噛み殺す。脳内でニーズヘッグの声が響いた。

（ナージャを守るための力じゃぞ？　ナージャからの攻撃は効くに決まっとる。逆にナージャ

キ

を傷つけることはできんのじゃ）

うん、それでいいんだけど、お義父さん、なんでそんな憐れむような口調なんでしょうか……？

ニーズヘッグはこれまでも、たまに意識を目覚めさせては俺に話しかけて退屈しのぎをしてくることがあった。

「うふふふふー。浮気者は……チョッキンしましょうねー」

ナージャの目つきが逝っている。というかどこを!?

「ふ、何を言っているんだい？　俺はナージャを愛してるんだ。世界には君さえいればいいんだよ」

歯の浮くような台詞を真顔で投げかけた後、微笑んでみせる。

効果は抜群だった。ナージャは顔を真っ赤にしてくねくねしている。

「……っく、なかなかやりますわね」とつぶやいたヒルダ嬢もなぜか顔を赤らめていた。

俺は天を仰いだ。フェイだけが、俺を癒してくれる。そう思えた。

「主様。強く生きるのです」

何の解決にもなっていなかった。

# 第16話　肉食系お嬢様

そうこうしているうちに、分断されていたヒルダ嬢の護衛騎士たちが追いついてきた。

単純に馬車の轍《わだち》を辿ってきたというが、斥候ができる冒険者じゃないとなかなかできない。

「お初にお目にかかる。わたしはヒルダ様の護衛騎士を務めるロレンスと申す」

「俺は、ティルの村のアレク。こっちは妻のナージャ」

ナージャを妻と紹介した途端、横でくねくねが倍加した。

「にゅふ、にゅふふふふふ、妻、奥さん、わたしはアレクのお嫁さん……にゅふふふふふー！」

うん、かわいいな。

「やだー、かわいいだなんて。そんなほんとのこと言っちゃってもうー！」

スパーンと背中を叩かれた。感情が口から駄々漏れなのはもういつものことか。

と気づくと、ロレンスさんがポカーンとして、ヒルダ嬢はすごい目付きで俺を睨んでいる。

「むう、ずるいですわ……」

とりあえず、自己紹介の後、簡単に事情を説明した。

＊＊＊

「ええと……ラードーン子爵は当家の寄り子ですわね？」

ヒルダ嬢の眼がギラっと光ったように見えた。

「はっ、此度のゴブリンキング襲撃で、領土が被害を受けたので支援を申し入れてきております」

「ふむ、それでは今ここにおるアレク殿の話と矛盾しますわね」

「左様にございますな」

「して、そなたはどちらが偽りだと思いますの？」

「子爵でしょう。アレク殿はなんというか、素直な育ちをされておるご様子。人に偽りを申すような人柄には見えませぬ」

「ですわね。わたくしもそう思いますわ……してアレク殿。行き先は王都と伺いましたが、いかなる手立てを考えておられますの？」

問われた俺は、ジーク爺さんの孫……シリウス殿を頼ることを伝えた。

「ほう、黒騎士シリウス殿の縁者と知己ですのね」

「有名な方なんですか？」

「槍を振るえば王都どころか、国一番の勇者と言われておりますわ」

と、いきなりヒルダ嬢が考え込むそぶりを見せる。

「……ならば当家も、アレク殿の後ろ盾となりましょう」

「はっ、それがよろしいかと。これほどの力を持つ御仁、必ずや縁を結ぶべきかと存じます」

この世界で強大なスキルや力があることは当然だがステータスになる。だから、王家をはじめ、貴族はそういった者を囲い込む。

場合によっては婚姻によって一族に取り込むことすらある。というか……俺の能力が知られたら……？　というあたりで、

(王家が出て来るな。第一王女を差し出してくるだろうよ)

お義父さんこと、黒龍王ニーズヘッグが口をはさんできた。

「お義父さん。俺にはすでにナージャという最愛の妻がいますので」

（そうだな。ナージャはかわいい、最高の娘だ。貴様が王女に興味を示しておったら……）

ナージャの笑顔が眩しい。というか、お義父さん、封印されてるんじゃないんですか？

（ふん、貴様の力の源泉はなんじゃ言ってみろ？）

「ナージャへの溢れんばかりの愛です」

「まあ……ぽっ」

うん、「ぽっ」とか口で言うナージャがとても可愛い。

（うん、あれだ。娘がバカップルになっているのを見ると、父親としては意外にダメージを受けるものなのだなあ……）

「すいません……」

（何、今に娘ができれば貴様も理解するだろうて）

「その時は、酒でも飲みたいですねえ」

（ふふ、楽しみにしておるぞ）

というあたりで現実に戻ってきた。

「ではアレク様。これを……」

そう言って渡されたのは、レンオアム公爵家の紋章が入ったハンカチだった。

「これは？」

「これを出せば王都で力になるでしょう。当家があなた様の後ろ盾であることを示すこととなりますので」

「ありがとうございます。何から何まで……」

「いえ、そもそもですが、アレク様が私の命を救ってくださったのですよ？」

「あ、そういえば!?」

「うふふ、奥ゆかしい方ですねえ」

ヒルダ嬢は口元を隠してころころと笑う。脇腹にナージャの指が食い込む。必死でナージャの髪を撫でてご機嫌をとる。ああ、愛は痛みを伴うものなんだね！

とりあえず俺は、頭の上で眠りこけていたフェイを起こす。

「まあ、見た目は可愛らしいですけど、かなり高位の魔獣ですのね」

「ええ、こいつに乗ってここまで来たんですよ」

「飛べる騎獣ですか！　当家でもお父様しか持っておりませんのよ？」

「まあ、ちょいとした縁がありまして。では、御助力感謝いたします。帰りにはレンオアムによらせていただきますので」

「ええ、お待ちしておりますわ！」

ヒルダ嬢の笑顔に見送られ、俺たちは再び王都に向かって飛び立った。

＊＊＊

「アレク」

「うん、どうしたの？」

「あの人ね、気を付けてね？」

「へ？　俺みたいなのが珍しかっただけでしょ？」

「なんかね、あの目つきが気になるの」

「ふーん。気にしすぎじゃないかなあ？」

「……鈍感」

「僭越ながら、わたしもナージャ様に賛成いたします」

フェイまで俺を非難するように言ってきた。けれど、俺はナージャ一筋だしな。というあたりで駄々漏れになっていたのだろう。ナージャがギュッと俺にしがみついてきた。

そうこうするうちに行く手に大きな城が見えてきた。が、そこにたどり着くまで一日かかると事前に聞いていたが、いったいどんだけ大きいの!?

人々のよりどころとなる城壁は周囲を睥睨《へいげい》し、威容を誇っていた。

## 閑話　とあるお嬢様の思惑

アレクたちが去った後。ヒルダは目をランランと輝かせ、ロレンスと話していた。

「ロレンス。アレク様について情報を集めなさい。あの方こそわたくしの婿にふさわしい！」

「……お嬢様、さすがに分が悪いと思いますが……？」

「あれほどの力を持つ方の妻が一人でいいということはありません。正妻は、ナージャ様でもいいのです。レンオアム公爵家にとって計り知れない利益をもたらしますわ！」

「シグルド様のことはよろしいのですか？」

「あの力、シグルド以上の有望株です！」

「確かに、単騎で都市一つ落としそうなほどでしたな……では？」

「ええ、わたくしのお母様の形見のハンカチの意味を知らない人は、少なくとも王都にはいないでしょう」

　ヒルダは獲物を見つけた肉食獣のように口元をゆがめるのだった。

## 閑話　とある龍の昔話

（ふむ、王都までもう少しかかるか、なれば退屈しのぎに昔話をしてやろう）

　唐突に俺の中でお義父さんが語り始めた。

＊＊＊

とあるところに黒い龍がいた。もともとは穏やかな性質で、人の近寄らない山の中で、わずかな眷属と共に日々を送っていたそうだ。

その鱗はあらゆる攻撃を弾き返し、そのブレスはあらゆるものを焼き払うと言われた。だが、彼自身はその力をむやみに振るうことをよしとせず、龍の姿でいれば身じろぎ一つするたびに木々をなぎ倒すからと、あえて人の姿で過ごしていたという。

彼には愛した龍がいた。同じ血を分けた妹と、同じ黒い鱗を持つ妻。好奇心の強かった妹は、人の姿で人の街に入り込み、人と交わった。

「兄さま、人間って凄いのよ！」

笑顔で帰ってきて、街で起こった出来事を話す妹を、龍とその妻は笑顔で迎えていたという。

「妹よ。お前が龍であると悟られてはならぬ。人は数が多い。そして、その中には良き者も悪しき者もいるのだ」

「そうなんだ……けどみんないい人だよ？　宿屋のおばさんもギルドのおじさんも……」

「人からすれば、我らの血の一滴がその短き生涯を投じて贖《あがな》うほどの価値を持つ。それを忘れてはならん」

妹は首をかしげている。龍は生きるのに天地の精を吸い込み、魔力の源たる眼と心臓によって糧《かて》を得る。そもそも龍と人は別の生き物である。

だが妹龍はそれを理解しなかった。それが悲劇の始まりだった。

兄から止められていたにもかかわらず、妹はある日、魔物に襲われた人間たちを助けたが、助けられた人の中に悪しき心を持つ者がいた。

彼は言葉巧みに心優しき龍に近づき、その秘密を聞き出す。そしてのちに、妹龍は人間の冒険者の手によって倒された。

酒を飲まされ、前後不覚になったところに竜の牙を削り出して作られた槍によって全身を貫かれたのだ。

彼女の最後の言葉は「兄さま、ごめんなさい」であったという。

その言葉に悪しき者たちは色めき立った。さらに龍がいる。彼らには龍の身体は素材であり、宝の山に見えていたのであろう。

彼らは死した妹龍の眼をくりぬき、心臓をえぐった。鱗が、牙が、骨が加工され武具になった。

彼らは徒党を組み、彼の黒龍の住む山に向かったのである。

黒の龍は嘆いていた。妹の死を知ったからだ。末期の一言は念話となり、兄のもとに届いていた。彼は数百年ぶりに龍の力を解放する。長きにわたって使われずため込まれたその力は、黒龍王と呼ばれるにふさわしいほどになっていた。

黒き龍王の咆哮は天地を震わせ、その爪は山を砕き、翼は暴風を吹き起こした。吐息は多くの人間を焼き払ったが、倒すことはできなかった。そう、皮肉にも彼らを守ったのは彼の妹の身体で作られた武具であった。

黒龍王の怒りと嘆きは天地に満ちた。

憤怒に任せて放つブレスは、黒鱗の盾に阻まれ、妹龍の牙から鍛えあげた剣が、槍が、矢が、龍王の鱗を貫く。だが人間たちも無傷ではいられず、一人、また一人と倒れていった。

しかし、とある人間が放った矢が黒龍王の右眼を傷つけた。それにより、黒龍王は無念と怨嗟を身にまといながら撤退したのであった。

これが、百年以上続いた、黒龍王と人間との戦争の始まりであったという。

黒龍王は傷ついた身体を住処で癒した。傍らには悲しみを秘めながらも、笑みを浮かべる妻がいた。そして一年後、彼女は卵を産み落とした。黒龍王は妹の死以来、初めて笑みをこぼしたという。

だが幸せなときは長く続かなかった。さらなる防具で身を固めた人間が、黒龍王の住処を強襲し、彼の妻はその戦いの中で討たれた。

黒龍王の怒りと嘆きは最高潮に達し、黒龍王は無差別に人の街を襲った。

多くの村や町が焦土と化し、人に苦しめられていた竜たちが、ここぞとばかりに黒龍王のもとに集った。

黒龍王と人間の争いは長きにわたり、血みどろの様相を呈した。

一進一退を繰り返し、戦いは容易に決着が付かない。業を煮やした黒龍王はついに最後の手段に出ることとした。

自らに名をつけたのである。龍の名はその者の性質を現すといわれている。そして黒龍王は自らを、怒りに満ちた者――「ニーズヘッグ」と名乗った。

自らを憤怒の化身と名乗った黒龍王ニーズヘッグはさらなる力を得て、同時に憤怒で我を忘れた。

人間を見れば襲い、ただ荒れ狂うだけの魔物と同様になった。その姿を見た心あるほかの龍王は何とかせねばと考えた。

そして、白き羽をまとう龍王……フレースヴェルグが一人の人間の若者に力を貸した。

ニーズヘッグ誕生からすでに百年が過ぎたころ、一人の王が立った。彼はその優れた知略を駆使して残った人間の勢力を一つに糾合し、高い城壁を築いてそこに立て籠もり、黒龍王の攻撃をしのいでいた。

さらに王は勇者を派遣し、ニーズヘッグを討つよう命じた。フレースヴェルグの加護を得たとある勇者は、彼の爪を槍にして、風を操り空を飛んだ。

そして彼の勇者はニーズヘッグに戦いを挑み、見事その右眼をえぐったのである。

ニーズヘッグは、百年以上前の戦いで右眼に矢を受けたことで力が半減しており、そこを突かれた形になったのだ。

地に落ちたニーズヘッグは、フレースヴェルグの槍によって心臓を貫かれ、その生涯を終えた。ここに、黒龍王戦争が終結したのである。

数百年に及んだ戦いによって蓄積された怒りと悲しみは黒龍王から「死」を奪い去った。怨念が残り、その身体が滅んでもなおその魂がとどまり続けたのである。

ニーズヘッグを討った勇者は自らに託された龍の力をもって、ニーズヘッグの眼と心臓にその怨念を封じた。そして、黒龍王の現世への執着の理由を知った勇者は、その望みをかなえるべく旅立ったという。

＊＊＊

義父の話を聞いた俺はただ涙を流していた。人間の欲望は結局、誰も幸せにしなかった。もしナージャを失ったらと思うと身震いがする。それも、寿命や病などではなく、人の欲望で一方的に奪われたら……？

心臓のあたりがドクンとうずいた。龍の左眼が俺に同調したようだ。

(だからな、貴様は我の過ちを繰り返すでない。守るべきものを守り抜くのじゃ)

俺はすやすやと眠るナージャの寝顔に誓った。何があっても守り抜くということを。

## 第17話　王都につきました

王都まであとわずかというところで俺は、ここからは街道を歩くとフェイに伝えた。

「主様、私はどうしたら？」

と、すでに俺の頭の上でもっふりとしている。

「そこでいいっていうかもう指定席だよね？」

「ここは心地よいのです」

「うん、ある意味主を足蹴にしてるけどな」

「ダメ……ですか？」

ぴょんと飛び降り、ウルウルした目で俺を見上げてくる。うん、無理。

「いいに決まってるじゃないかー！」

そうしてフェイを抱き上げモフモフする。

なんとなくナージャの視線が生温かかった。

「うふふ、仲良しさんだねー」

そうか、フェイはオスだからな。そういうことか。

というわけで、フェイは俺の頭の上でもふっと丸まっている。帽子みたいな状態だ。

ナージャは俺の左手をぎゅっと握って並んで歩いている。

鼻歌を歌いつつ微笑む姿は、なんというか可愛い。

しばらく歩いて城門についた……というか、入城待ちの行列の最後尾という方が正しい。周囲を見ると露店などがあって、かなり長時間待たされることが想像された。

「すみませんが、これ見てもらっていいですか？」

衛兵に、ヒルダ嬢にもらったハンカチを差し出すと効果は抜群だった。

衛兵が首から下げていた笛を吹き鳴らすと、近所の詰所から応援が駆けつけてきた。

「どうした！」

「え、えと、この方が……」

ちょっと立派な服を着た衛兵がハンカチを見て顔色を変えた。

「失礼いたしましたああああああああああああ！」

土下座せんばかりの勢いだ。

あまりの状況の変化についていけないまま、衛兵たちに取り囲まれた俺たちは城門をくぐった。傍から見ればお尋ね者っぽい扱いだよねこれ。

衛兵の詰所に着いた俺は、ジーク爺さんからの紹介状を手渡す。

衛兵たちは顔を見合わせて「しばしお待ちいただきたい」と言い残して全力疾走で立ち去った。

詰所とはいえ、兵たちの休憩スペースなのだろうか。生活感があふれる中にも居心地のよさが感じられた。

ナージャは簡易的な寝台に寝転がって、フェイを抱き枕にすやすやと夢の中だ。思わず俺も添い寝したくなるが、さすがにこれから頼ろうとしている人を呼び出しているときに昼寝とか、喧嘩を売っているようで忍びない。

ナージャの髪を撫でつつフェイをつついて、俺は時間をつぶすことにした。

＊＊＊

しばらくして、銀の髪に短槍を携えた貴公子然とした青年が現れる。動きやすさを重視した鎖帷子は黒鉄で作られており、全身真っ黒な装備をまとっている。マントも黒で、裏地は深紅に染め上げられていた。

「お初にお目にかかる。ジークの孫のシリウスです。祖父がいつも世話になっています」

王都の騎士なら、そこらの貴族よりもある意味立場は上だ。王直属の家臣として認められた立場である。しかし、彼、シリウス卿はそんなことを一切感じさせない態度だった。

「ティルの村のアレクです。こちらは妻のナージャです。よろしくお願いします」

「では、まずは私と立ち会っていただきますね？」

シリウス卿はさわやかな笑顔で、よくわからないことを言い放った。

# 第18話　黒騎士との死闘

シリウス卿の後に続いて詰所を後にした。そのまま騎士団の紋章が掲げられた建物に入る。そして訓練のためにとられたスペースで俺とシリウス卿は向かい合っていた。後ろではナージャがフェイを膝の上にのせて、のんきに応援してくる。

槍は本身だった。当たれば斬れる。突かれれば刺さる。当たれば、ね。俺は龍の力に目覚めたとき、自分の知覚と身体能力が人間離れしたレベルになっていることに気付いていた。

わざと食らわない限り、俺に攻撃を当てられる「人間」はどれだけいるんだろうか？

俺も愛用の剣を右手に、左腕には借り物のバックラーを装着した。ここの衛兵の備品だ。

「行きます！」

シリウスの突きは、構えた槍先が瞬時に大きくなったように見えるほど、正確かつ神速だった。

力任せに防いでも、自分の武器を傷めるだけだ。俺はいわゆるパリィの技術で、槍の横に剣を入れ、力を加えてずらし、同じことをバックラーでも行う。

「うわはははははは！　すごい！　俺の突きをここまでかわすとはなあ！」

おいおい、キャラ崩壊してるぞ？　シリウスの口調がワイルドになっている。

周囲の兵たちも驚いている。

「シリウス卿が！」

「まずい。治癒術師を呼びに行け！」

あーうん、いつものことなのね。

「爺さんに教わった基本のままの動きだ。それでいて洗練され無駄がない。……ククク」

うん、貴公子然とした顔は狂喜に歪み、目が爛々《らんらん》と輝いている。重度のバトルジャンキーだ。

「ジーク爺さんを若くしてパワフルにしたらこんな感じなのかねえ」

互いに武術のルーツは同じだと確認した。というか、会話の最中《さなか》にも激しく打ち合っている。

「マジか……」

「シリウスさんとこんなに長く打ち合えるやつは初めてだ！」

「うん、結論、二人ともおかしい」

なんか周囲の兵たちが好き放題なことを言っている。

「ふっ、ならば我が奥義にて決着をつけよう……」

シリウスは一度間合いをあけるために下がり、呼吸を整えた。槍先に力を集約すべく、構えを取る。

普通にさばいているだけでも勝てそうだったが、俺は自分の力を知るために一度受けてみることにした。黒龍の鱗に匹敵する堅さの魔法障壁を張りめぐらせた。

「はあああああああ！　受けよ！　ヘキサスラスト！」

シリウス卿は、六つの頂点を繋ぐ形の刺突を、一呼吸のうちに繰り出す。刺突の先端は魔力をまとい、虚空に略式の陣が描かれる。

そして、わずかな間をおいて陣の中心を撃ち抜くような刺突。陣の効果は……加速。速度はすなわち威力だ。軽い小石でも加速してぶつければ大きな威力をもたらす。ましてや、業物の槍の穂先がさらにえぐるように螺旋《らせん》を描く威力は計り知れない。

真っ向から受け止めることもできるが、それだと俺が人外だとばれるため、俺は体を開いてその刺突を受け流し、くるっと一回転して盾を叩きつけた。

軽いバックラーとはいえ、体を回転させ遠心力を乗せたシールドバッシュに、シリウス卿は脳を揺らされ、たたらを踏む。そして再び突きかかってきたが、俺の振るった横薙ぎを受けきれず、背中から倒れた。

「すげえ！」

「どんな反応速度だよ!?」

「あの奥義の突きにカウンターだと！　馬鹿な!?」

「「うおおおおおおおお！！！」」

兵たちの騒ぎはとどまるところをしらない。というかもはや歓声が上がっている。

軍には力こそ正義の風潮がある。同時に力ある者は正しき行いをしなければならないとの不文律がある。

俺は勝負がついたものと思い、シリウス卿に近づき手を差し伸べたが……スパーンと弾かれた。

シリウス卿はすぐさま跳ね起きて剣を構える。

若干ふらついており、どうやら追撃を放てる余力はなさそうだった。

「まだだ！　まだ終わらんよ！」

シリウス卿は剣で刺突を繰り出すが、最初の正確さは望むべくもない。

電光のような突きは鳴りを潜め、俺は速度の落ちた刺突を選んでつかみ取る。そのまま力任せに彼を引き寄せると、再びシールドバッシュを叩き込むのだった。

今度こそ確実に意識を刈り取った……はずだ。大の字になって伸びるシリウス卿に剣の切っ先を突き付けた。

「「ぬおおおおおおおおお！！！」」

さすがに覆しようのないほどの決着に訓練場が沸いた。というか訓練場には、いつの間にかすごい人数が集まっていた。

「見事！」

人々の中から、ひときわ豪華な衣装を着た青年が現れる。

「我が配下の中でも最強と名高いシリウスを真正面から打ち倒すとは！　名を聞こう！」

すごく偉そうな人から名前を聞かれて、名乗るほどの者じゃないですとフェードアウトする度胸はさすがになかった。シリウス卿の上官らしいし、とりあえず挨拶をしておく。

「ティルの村のアレクと申します」

「そうか、俺はシグルドだ。よろしく頼む」

ぼそっとシリウス卿のお付きの兵っぽい人が王子様だと教えてくれた。聞きたくねえ。

「そなたのような強者が我が国にいることを誇りに思うぞ！」

王子様は気さくに握手を求めてきた。

というかだ、だんだん偉い人に目をつけられている気がした。そんな俺を気にする様子もなくシグルド殿下は、俺がここに来た経緯を周辺の兵士から聞き出すと豪快に笑い始めた。

「ふむ、すでにヒルダが目をつけておると申すか。しかも、叔母上の形見を持たせるとは、さすがよな」

え、何それ、あれ、そんな大事なものなの？　確かに命は救ったけどさ。

「ああ、アレクよ。一応確認だけはしておこう。ヒルダの求婚を受ける意思はあるのか？」

「へ？　なんですとおおおおおおおおおお!?」

「ふん、やはり知らなかったか。というか、そちらの……美しい」

ナージャに目を向けた王子は顔を真っ赤にしている。ナージャは椅子の上でフェイを抱き枕にして眠っていたようだ。しかしこの騒ぎでも目を覚まさないとか、我が妻ながら豪胆なことである。

「……アレク殿、彼の女性を紹介してはくれまいか？」

「彼女は、私の〝妻〟のナージャです」

あえて強い口調で〝妻〟と宣言した。相手が王子様だろうが何だろうが知ったことか。

「そうか……であれば仕方あるまい！」

何がどう仕方ないのか聞いてみたいが、トラブルの種になりそうなので黙っておいた。

「いや、美しいのも事実。だがそれ以上に力を感じてな。本人がよければ我が家臣として迎えたいと思うてな……一応言っておくが、お主の妻を奪おうというつもりはなかったんだぞ？」

「……ならよいですが」

「力ある者を見ると、自分のそばに置きたくなる。これは王家の者の悪癖であるな。すまん、他意はないのだ」

本気で言っているようなので、少し威圧を緩めた。王子の背後にいた兵が決死の覚悟を決めていたこともある。

王子は兵に命じてシリウス卿に水をぶっかけさせた。目覚めたシリウス卿は俺を見てすごくいい笑顔を浮かべていた。

　このようなやり取りもあり、晴れて俺は、シリウス卿とともに王子様の私室に招かれることとなったのだった。

## 第19話　王家の紋章

「で、あるか」

　俺の説明を聞いたシグルド殿下はため息交じりに答えた。

「ええ……」

「まず先に言っておくが、すでにヒルダの手によって解決の道筋はできておろう。しかし……」

「私は恩を着せられて、取り込まれると？」

「で、あるな。ただ、お主にとってもそう悪い話ではないかもしれぬ。あれは高位貴族の中では珍しいほど分別があるからな。だが、まあ、よい。アレクよ。ヒルダのことは抜きにしても、お主の願いは、王国として手を打つ」

「ありがとうございます」

　俺の返答も意に介さずに、シグルド殿下は言葉を重ねる。

「そういえばお主の頭におるその毛玉だが……」

「こいつのことですか？　フェイと申します」

　俺の頭の上でフェイは、前足を上げて「キュイッ！」と声をだす。まるで挨拶しているかのようなしぐさを目にして、王子の背後に控える侍女たちが悶絶していた。

俺がフェイを促すと、てちてちと歩いて行って、侍女の皆さんになつき始めた。うん、あざとい。あいつ全部わかってやってるな。

「あれは何なのだ？」

「他言無用でお願いします」

「我が王家の祖・始祖の蛇《ミドガルズオルム》の名において誓おう」

「フェザードラゴンです」

「……んな!?　かの白き翼、フレースヴェルグ様の眷属のか？」

シグルド殿下の泰然としていた態度が崩れる。

そういえばお義父さんの話に出てきたフレースヴェルグはフェザードラゴンが進化した存在らしい。

（……あの毛玉がもう少し経験を積めば、彼《か》のフレースヴェルグの如き存在となろうよ）

即座に補足が入るあたり、最近あまり眠ってないですよねお義父さん。

ふわふわもこもこしているフェイは、侍女の皆さんからお菓子を食べさせてもらったり、ブラッシングされたりとご満悦した様子だ。

「そうか……だがあの大きさではまだ子供であろう？」

「大きさをある程度自在に変化させられます」

「見かけにはよらないものだな……さて、前置きはここまでにして単刀直入に問う。お主に加護を与えた龍王とは、誰だ？」

「……なぜそれを？」

「我が王家は、始祖の蛇――ミドガルズオルムの血が入っている。そして龍は龍を知るとでも言っておこうか」

要するに、龍の力を感じ取ることができるというわけか……

「そのお力は王家だけですか？」

「王家に近い貴族も分かるかもしれぬ。彼らは過去に王家と姻戚関係にある者が多い。龍の血は薄いが、中には先祖返りと言われる者もいるぐらいだからな」

「たとえば、ヒルダ嬢のような？」

「ぼーっとしておるように見えて聡いな。俺の側近にしたいくらいだ……して、どうなのだ？」

「……黒龍王ニーズヘッグです」

しばらく返答に間があった。というかシグルド殿下は目を見開いている。

「……うむ、多少のことでは驚かんが、まさか黒龍王とはな」

「それは、確かに私ごときがかなう相手ではないな……」

シリウス卿が言葉を継ぎつつ、その顔には喜色が溢れている。

「うむ、公爵にでもするか？　それこそヒルダを嫁にしてだな」

「よいのですか？」

シリウス卿が眉をひそめてシグルド殿下に問いかける。うん、よくわからん会話が始まっていた。

「仕方なかろう。下手をすると俺よりこの国においては地位が上になるかもしれぬが。老臣どもがよく言っておった。あれほど禍々しく、強く、そして美しい龍はほかにいなかったとな」

（ほう、わかっておるではないか）

うん、お義父さんの声をこの二人に届けたら面白いことになるんだろうけど……別方向で、もっとまずいことになるな。

「ああ……そうですね。わたしはナージャという妻がいますので」

「うむ、それにだ。ヒルダは一応俺と婚約しておる間柄でな」

「えーっと、そうなんですか。ではこれはお返しした方がいいですね」

「いや、構わぬ。お主が持っておけ。あと、これを預ける」

シグルド殿下から渡されたものは、蛇がとぐろを巻いているような紋章だ。

（ミドガルズオルムの絵姿だな。王家の紋章でもある）

「よろしいのですか？」

「お主の力と心根はよくわかったつもりだ。話は戻るが、俺としてもあのような貴族を野放しにした責も負わねばならぬ」

「……わかりました」

わずかであるが王子がこちらに頭を下げた。そのことにシリウス卿が少し目を見開く。

「とはいえ、アレクに頼みがある」

「お伺いしましょう」

「交換条件というのではない。断っても構わぬ。その上で問う。俺の力になってくれぬか？　国にとは言わん。俺個人が困っているとき、助けを求めてもよいか？」

「アレク個人でよければ」

「十分だ。その時はただのシグルドとして話す。ありがとう」

うん、なんか王族というもののイメージが駄々崩れする。けれどそれはいい方向にだった。王子といえども悩みを抱えているということがわかったから。

そんなことを思いながら俺はシグルド殿下に、親近感を抱いたのだった。

# 第20話　一路北へ

「これを」

俺は丸めた書簡を受け取った。王子様手ずからとか大丈夫なのか？　と疑問に思うと、

「わが命はお主の掌の中だ。ならば信頼を示す方が得策だろうが？」

それを相手に向かってシレっと言うあたりどうなんだろう？　とりあえず器がでかいということにしておこうか。

「ありがとうございます。このご恩は必ず」

「ふふ、この程度で恩に着てもらえるならばありがたいがな。そうならぬことを祈っておるが、

この国が未曽有の危機に陥るようなことがあれば、お主に助けを乞うこともあろうよ」

大げさなと思ったが、魔物襲撃のこともあったし何が起こるかわからない。

俺は無言で差し出される手を握る。王子は魅力的な笑みを浮かべていた。

「ひと段落したらまたこちらに顔を見せに来るがいい。お主のためならば父上との会談であっても蹴っ飛ばして駆けつける」

「それって一国の王子としてどうなんですか？」

「言うな、そうでもせねばと、俺に自由はないからな」

「人をダシにしないでくださいよ？」

はっはっはと朗らかに笑う王子。この人が王になるならば、この国はさらに明るくなるんじゃないかと思えた。

＊＊＊

王子の離宮の庭で、フェイが人を乗せられるサイズまで大きくなる。

「これは……絵姿で見たフレースヴェルグ様に似ているな」

「もふもふですよ？」

王子がフェイの頭を撫でると、頬が緩んでいた。

「これはいいな、いつか機会があればともに空を駆けたいものだ」

「その時は、ぜひ」

俺はナージャを横抱きにするとフェイの上に飛び乗る。侍女の皆さんから「キャアッ！」という黄色い悲鳴が上がった。

王子はその姿を苦笑いで見ている。なかなかフリーダムな主君のようだ。

「その紋章があれば、俺の名代として振る舞うことができる。うまく使ってくれ」

「はい!?　ちょっと、それは!?」

「お主の心根を信じておる。迂闊《うかつ》にも疎《おろそ》かにもするまいよ」

「……承知しました」

内心のため息を隠してひとまず答える。というかどんどんとしがらみが増えていく気がした。

フェイが風をまとい、ふわっと浮き上がる。俺とナージャは王子たちに手を振って、一路、北へ向けて飛び去った。

## 閑話　一つの想いが叶うとき

「白き龍に跨る黒の龍騎士か。なんとも面白いことになったものだ」

「殿下、ご自重くださいね？」

「シリウス。お前が言うな」

「なっ！　私は……」

「ヒルダからの報告を聞いて待ち構えておったのだろうが、まさか真っ先に戦いを挑むとは……」

「強き者に挑むは我が本懐ゆえ」

「うん、だから言うぞ。自重しろ」

「ぐぬっ……」

脳筋《バカ》シリウスを黙らせたシグルドは懐《ふところ》からオーブを取り出して念じる。伝心珠と呼ばれる通信のための魔法具だ。対になるオーブを持つ者へと思念を届けてくれる。

(俺だ。黒き龍は北へ向かった)

(あら、ありがとうございます。ラードーン子爵については、わたくしも排除する手を打ちますわ)

(あ、あとな。アレクはやはりナージャ殿以外は眼中にないぞ。諦めて俺の妻になれ)

(まあ、わかってはいましたけれどね。それにあのナージャさん。たぶん龍ですわね)

(そうだな。俺の眼が一瞬眩《くら》んだわ)

(あなたがナージャさんと結ばれれば、お互い望みの相手と一緒になれたのに?)

(ニーズヘッグの娘はさすがに荷が重いわ)

(ニーズ……！　まさかとは思いましたが……)

(まあ、そういうことだ。俺で妥協しておけ)

(妥協して王妃というのもぜいたくな話ではありますわね)

(別に俺が、レンオアム公爵家に入ってもいいんだが？)

（おやめなさい。国が乱れます。……仕方ありませんわねぇ。幼いころから知っておりますし、お話を正式にお受けいたしますわ）

（……!? ありがとう。俺は国を守るべき立場だが、それはお前を守るためでもある。そこだけは間違いなく伝えておく）

（あら、ありがとうございます。けれど優先順位を間違えてはいけませんよ？ われらは国を守るとき真っ先にその命を国に捧げるためにいるのですから）

（ならそうならぬようにやるしかなかろうよ。保険はかけた）

（あらあら、わたくしと同じことを考えておられたのですね）

（利用するようで悪いとは思ったがな）

（ふふ、仕方ありませんわ。もしそうなったとしても二人でお詫びしましょう。夫婦は重荷を分かち合うものです）

（やめろ、今本気で泣きそうになった）

（ふふ、シグルドはほんと、昔から泣き虫でしたわね）

（お前を守るために頑張ったんだぞ？ そこはわかってくれるよな？）

（ふふふ、よろしくお願いしますね）

通信が切れた。

ふと周囲を見渡すと、シリウスはガッツポーズを決めている。侍女の皆さんは、自らの仕事を果たすべく周囲に散った。王太子の婚約披露パーティの準備を整えるためだ。

「っておい、お前ら察しが良すぎやしないか？」

なぜか通信が漏れたと慌てるシグルドに、シリウスは真顔で応えた。

「王子、途中から口に出てました」

そう告げられたシグルドはがっくりとしゃがみこむのだった。

## 第21話　村に帰ってきました

俺たちは空を駆けている。一路故郷の村に向かって。

気になることがあった。帰路の途中からナージャがすごく静かで、あとよく寝ていた。村にいた頃はすごく働き者で、くるくると休みなく動き回っていたナージャがだ。

最初は、旅に不慣れで疲れているのだろうとのんきに考えていたが、体調が戻らず、俺はそれが心配だった。

（ふむ、もしやとは思うが……）

「お義父さん、何か心当たりが？」

（とりあえず落ち着ける場所に早く連れてゆくのだ。単なる気疲れだと思うが、曲がりなりにも我の娘ゆえ、そうそう疲労などで倒れたりはせぬ）

確かにそうだ。俺も前に比べると、体が比較にならないほど頑丈になったと感じたし、疲労も感じない。

俺のことは置いといて、ナージャに何かあったらと考えると胸が押しつぶされそうになる。

レンオアムに立ち寄って一度ヒルダ嬢に会うべきかとも思ったが、それよりもナージャが心配だった。彼女を休ませるにはやはり我が家がいいだろうと思い、フェイに頼んで急いでもらっていた。

「ナージャ様は……もしやと思いますが……」

「何かわかるのか？」

さすが龍。人よりも詳しいのだろうか？

「いえ、確証はもてません。特にお辛そうな様子ではありませんし、悪いことにはならないと思います」

「ならいいんだが……」

今も俺にしがみついて幸せそうな笑みを浮かべつつ眠るナージャ。

「ううん、アレクー。もう食べられないよー」

寝言に少し脱力する。ちょっと吹きだしたことで肩の力が抜けた気がした。

気を取り直してフェイに魔力を注入する。すると若干速度が上がる。

「主様、ちょ、それは!?」

「我が眷属に魔力をもって命ずる、疾く疾く走れ……ブースト！」

魔法をかけると、眼下に見える風景がすごい勢いで流れ出す。向かい風もすごいことになってきた。

ナージャを冷やさないように王都で買ったマントで包み、同時に風に対する結界を張った。

「ヒィーーハァーーーー！　私は今風になります！　ヒャッハアアアアアアアアア!!」

フェイのテンションがおかしい。あとで聞いたが高濃度な魔力を注ぎ込まれると魔力酔いするらしい。

＊＊＊

行きは三日かかった旅路が帰りは一日だったこともあり、なんだかんだで出発から五日でティルの村にたどり着いたが……なぜか村は兵に包囲されていた。

「何事だ!?」

フェイを村の真ん中に降りたたせると、地面についた瞬間小さくなって眠りに入った。かわりにナージャが目を覚ましている。

「あれ？　もう村についたの？」

フェイを抱きかかえてあくびをするナージャは非常に可愛かった。

「おお、アレク！　首尾はどうじゃった？」

俺の帰還を聞きつけたジーク爺さんがやってきた。

「ええ、とりあえず訴えは聞き届けてもらいました」

「ほほう、どなたにじゃ？」

「シグルド殿下です」

「ほほー、それはすごいの……って今なんと言った？」

「ですからシグルド殿下に訴えを聞き届けていただきました。これがその書簡です」

カバンから書簡を取り出しジーク爺さんに渡す。爺さんは震える手で書簡を開くと、書いてあった内容を読み上げ始めた。

「なになに……ミッドガルズ王国王太子たるシグルドが命ずる。この書簡を持つアレクを騎士爵に任命する。重ねて、王国直轄領となったティルの村の代官に任命する……だそうじゃ」

「へ!?」

「ということで、アレク様、ご命令を」

ジーク爺さんがおどけて俺に問いかけてくる。態度はそれっぽいがニヤニヤした笑みが全てを裏切っていた。

俺も思わずぶふっと吹きだし、芝居がかったセリフで伝えた。

「王子の領土にて我が物顔で振る舞う不届き者どもを排除せよ！」

村が包囲されていると言っても、出入口を封鎖されている程度だ。実際問題として、冒険者たちだけでも排除は可能だろう。

ただし、それをやると領主に逆らったとして犯罪者扱いとなる。

「おう、アレク！　どうだった？」

村の周囲を警戒していたゴンザレスさんが声をかけてきた。

「ええ、シグルド殿下の庇護を得ることができました」

「は!?　おめえ何やったんだ!?」

「えーと、シリウス卿と一騎打ちをして、勝ったらシグルド殿下が現れまして」

ゴンザレスさんはポカーンとしている。

「王都の黒騎士と一騎打ちだってか？　まあ、今のおめえなら、なあ……」

ほかの冒険者たちもざわめく。シリウス卿は並の騎士なら十人がかりでも倒してのけるという噂もあとで聞いた。

とりあえず書簡の件を伝え、俺は冒険者の皆を引き連れる形で門から出た。

「村から出ることまかりならぬ！　領主さまの命令である！」

俺たちの姿を見た、村を包囲する兵の責任者らしき騎士が声を張り上げた。

なるほど、外部から資金や物資を入手することを妨害するわけか。

蹴散らすことはできるけれども、それをやったらこっちが犯罪者になる。

「その命令は無効になった。今すぐ村の封鎖を解いていただきたい」

「領主様よりそのような命は受けておらぬ」

「ではより上位の命令ではどうか？」

「……どういうことだ？」

「ここに王太子殿下の書簡がある」

「馬鹿な！　ここ数日この門を出た者はおらぬ。よってそのようなものがここにあるわけがない！」

「ではこの紋章を見ていただこうか」

「……なん、だと？」

さすがにそれっぽい服装のやつだけに、王家の紋章くらいは理解したか。

「すぐには返答できぬ。問い合わせる時間をいただきたい」

「承知した。明朝でよろしいか？」

「わかった」

俺と責任者っぽい騎士のやり取りをゴンザレスさんが真面目な顔で見ていた。

「ふん、アレク、おめえなんか一回り大きくなったな」

「え？　そんなことないですよ。必死ではありましたけど」

「ああ、そうだな。ナージャの嬢ちゃんを守りたいんだろ？」

「もちろんです！」

「はは、やっぱ根っこは変わらねえな。だがそれでいい」

「……はい！」

村を封鎖する兵たちに動揺が走っていた。王家の紋章の入った書簡の影響はそれなりにあったということだろう。

「あのくそったれ子爵のことだ。闇討ちくらいは考えておいた方がいいな」

俺はゴンザレスさんの言葉に無言でうなずいた。ただなるべく人は殺したくない。そう考えて、方策を巡らせることにした。

## 閑話　悪あがきの結末（騎士ヘーレース視点）

「なんだと！　まことか!?」

ラードーン子爵は私からの報告を受けあからさまに取り乱していた。

「はっ、私が見る限りは本物かと」

「書簡はどこにある？　持ち帰っておらぬのか？」

「子爵様が出向かぬ限り、お渡しすることはできないと……」

「くっ、この無能者が！」

口元に泡を噴きながら激高する。しかし、これぱかりはどうしようもない。そもそも切り札を相手にやすやすと渡すような阿呆なら苦労しない。

本来ならば、無力な村人たちは震えながら沙汰を待っている、はずだったのだ。少なくとも子爵の頭の中では。しかし、本物と見受けられる王家の紋章が入った書簡が、子爵を追い詰めている。

「一体どんな手を使ったのだ……まさか空でも飛んだとかか？　ありえん！」

激高する子爵はわめきながら周囲の者に当たり散らしている。私は当面の嵐が去るのをひたすら耐え忍ぶのであった。

「闇討ちをかけるのじゃ！　あのような謀反人どもが住まう村など焼き払ってしまえ！」

赤くなったり青くなったりと忙しく顔色を変えていた子爵は、喜色満面の顔で言い放った。

外部に今回の所業が漏れているのであれば、寄り親に偽りの援助要請をしたことも含め、領民に無体を働いたなどの罪状がつまびらかになる。

いきなり爵位剥奪とまではいかないと思うが、これまでにも子爵は悪事を働いてきた。これ以上不利な証言が出る前に口封じを思いついたということだろう。

正規に仕官している騎士とは別に、冒険者崩れの傭兵を雇っているのもそのためだ。いつでも切れるトカゲのしっぽというわけだ。

そして、子爵が罪に問われるようなことがあれば、おこぼれに預かっていた私にもその累が及ぶ。

私は矢継ぎ早に部下と冒険者崩れの傭兵たちに指示を出し始めるのだった。

## 第22話　悪あがきの結末

「……来ましたね。隠す意図もないようですな」

冒険者の一人が櫓《やぐら》の上で街道を北上してくるたいまつを数えながらつぶやいた。

「手はず通りに行くぞ。あっちはこちらをただの村人と舐めている。門に取りついたあたりで、後ろから襲撃をかける」

ゴンザレスさんが声を潜めつつ周囲の冒険者に指示を出す。

一方俺は、ジーク爺さんと共に、村長の館で待機していた。

その日の夕方の打ち合わせで俺は、村人と冒険者たちに王家の紋章の入った書簡を明らかにし、この村の代官——すなわち村長的な立場になったことを伝えた。

俺に命を救われたと感じていた村人たちはこれにうなずき、冒険者たちも俺がゴブリンの群れを追い払ったこともあって、信頼してくれた。

「アレク、いや、代官様。おめえ……いや、貴方はこちらの旗頭だ。だからやすやすと前に出てはいけねえ」

「そうですぞ。大将はデーンと後ろから部下の働きを見守るものです」

いや、俺さっきまでただの村人だったんですが……

「王太子殿下の命令です」

「そうだ。それにだ。おめえをきっちり守り抜けば俺たちにも褒美があるかもしれねえ」

この一言に村人や冒険者たちが色めき立つ。ええ、わかりましたよ。ちゃんとシグルド殿下に報告しますから、血走った視線を向けないようにお願いします。

「ってことで、村の自警団の指揮は、ジーク殿。俺は副官ってことでよろしくな！」

ゴンザレスさんの宣言に村人と冒険者のテンションが上がる。

「あ、これ、ギルドからのお達しです。緊急クエストとしてティルの村を「野盗」から防衛するようにとのことです」

マークがギルドの紋章が入った書面を掲げて宣言する。そういえばこいつギルドに所属して、冒険者になったらしい。

ゴンザレスさんの根回しで、ティルの村には簡易出張所が設けられた。そして、ギルド施設がある村や町は、ギルドの権限で防衛クエストが発令されることがある。

ちなみに、ギルド関連の施設には伝心珠が置かれていることを最近知った。

「というわけで、王家とギルドが後ろ盾だ。おめえら、やってやるぞ!!」

ゴンザレスさんの激に、みんなの士気は最高潮だ。

「「「うおおおおおおおおおお!!!」」」

カシムすら右手を突き上げている。無表情だと思ったが若干顔が紅潮し、彼もテンションが上がっているんだなーと半ば現実逃避しながら思うのだった。

＊＊＊

たいまつを持った軍勢は村の門の前で横陣を組む。その動きはよどみなく、それなりに訓練されているようだった。

兵たちの前に鎖帷子を着こんだ騎士・ヘーレースが立ち、身振りで指示を出す。手を垂直に掲げると兵たちは弓に矢をつがえ、手が振り下ろされるのと同時に放たれる……はずだったが、櫓《やぐら》の上から放たれた矢が騎士の振り上げた腕を貫く。

「ぐあああああ！」

指揮官たる騎士は負傷し、兵たちは思わぬ反撃を受けたことで混乱し始める。

「焦熱の光、紅蓮の輝きよ　わが手に集《つど》いて火球となれ……ファイヤーボール！」

敵兵のど真ん中にマークが呪文を叩き込んだ。

といっても、貴族の正規兵だから、魔法防御はある程度高い。この一発で倒せるとも思っていない。それに、正当防衛とはいえ貴族の私兵を殺してしまうと、後々面倒なことになるとジーク爺さんが言っていた。

だから、例えばカシムの腕なら、相手の腕じゃなくて顔面を射抜くこともできたのに、あえてそれをやらなかったわけだ。

敵兵が怯んだところで門を開き、冒険者たちが左右から押し包む。手に持つのは棍棒だ。弓を持って右往左往する敵兵をぼかすかと殴りつけ、無力化していく。

ふと気づくと、指揮官であった騎士は倒れた所に両足を矢で地面に縫い付けられていた。暗闇の中、鎧の隙間を貫くカシムの技量には正直寒気がする。

そうこうしているうちに子爵率いる敵の援軍がやってきた。暗闇の中でも子爵のキンキラキンの武装はよく目立つ。ただ兵に指示を下すというよりは、わめいているだけで、何の意味もなしていないあたりはどうなんだろう？

戦いはこちらに優勢に進んだ。そしてついにしびれを切らしたのか、子爵が剣を抜き、こちらに突進してくる。

「うおおおおおああああああああああああ！！！」

意外にも子爵は強かった。何人かが棍棒を断ち切られ、子爵の前から逃げている。ゴンザレスさんが棍棒を投げ捨て、剣を抜いて斬りあっている。

「ぬりゃあああああああ!!」

「ぐぬらばあああああああああ!!」

ガキンバキンと剣をぶつけ合う音が響く。意外に強いといっても子爵はなんというかお座敷剣法で、型を綺麗になぞった攻撃を繰り出すが、逆に言えばそれ以外の攻撃がない。

しばらく打ち合うと、ゴンザレスさんが優勢になり、ついには子爵の手の甲に刃が食い込んだ。

「ぎええええええええええ！！！」

斬られた手の甲を押さえて子爵はのたうち回る。そこに冒険者たちが一斉に棍棒を振り下ろし、殺さない程度にコテンパンにしていた。

決着がついた、というあたりで唐突に事態が動いた。上空からグリフォンが急降下してきたのである。

# 第23話　タイミングを外すとこの上もなく恥ずかしいことになる

「そこまでですわ！」

白銀の鎧をまとい、豪奢な金髪をなびかせた美少女がレイピアをすらっと引き抜いて天に掲げる。

吟遊詩人の歌う叙事詩の一節のような光景に、みな心を奪われた。

グリフォンの襲来を聞いた俺は、館を出て戦いの場に向かった。

「この戦、レンオアム公爵家息女、ヒルダが預かります！」

きっぱりと宣言した。なぜか周囲からはまばらに拍手が巻き起こる。

「それで、ラードーン子爵はいずこに？」

くいっと小首をかしげて聞いてくるあたりあざとい。そこで目が合う。

「ア、アレク様。この騒ぎの首魁たるラードーン子爵はどこへ？」

「え、ええ。そこに」

そう、件の子爵はガッツリとヒルダ嬢に踏まれていた。

「へ？　うひゃあ!?　あわわ……」

驚いた拍子に、ガッと子爵の身体の上で足踏みをする。あー、あのブーツ、かかとに鉄板が入ってるやつだ……。

輝かんばかりの美貌にすっと赤みがさす。地面にぶっ倒れている子爵に向けてレイピアを突きつけ、高らかに宣言した。

「ラードーン子爵カール！　レンオアム公爵家の名において貴方を拘束しますわ！　神妙にしなさい！」

当然のように子爵はピクリとも動かない。フルボッコになった挙句、上空から急降下してきたグリフォンから飛び降りたお嬢様に踏みつけられていた。

実質的に指揮を執っていた騎士ヘーレースも、いまだ弓矢で地面に縫い付けられたままだ。

要するに、指揮官となるべき人間がすでに戦闘不能であり、これから降伏勧告をしようという段階だったのである。

「え、えと……うー……神妙になさーーーーーい！」

耳まで真っ赤にして叫ぶお嬢様。胸元のメロンがプルプルしている。冒険者の皆さんの視線はもはやそこに釘付けで、一部の女性冒険者はそんな連中をゴミでも見るような視線で眺めているのだった。

とりあえず敵兵たちは、武装を解除した上で、即席で作った柵の中に隔離した。ぴくぴくしていた子爵も命に別状なしと診断され、簀巻きにされて物置に放り込まれた。

さらに子爵が雇った傭兵の中に、近隣で悪さをしていた野盗も混じっていたことが判明したため、子爵の罪状が加わる。

「とりあえず、尋問の結果、騎士ヘーレースがペラペラと話してくれましたわ。これだけの内容ならば、爵位剥奪の上、国外追放ですわね」

「なるほど」

「子爵領は王家に没収となりました。子爵はうちの寄り子なので、レンオアム公爵家の力がそがれた形になりますわね」

「うーん、大変ですね」

「そうなのですわ。だからアレク様、貴方が当家に入ってくだされば、この失った分を補って余りあるのですが？　いかが？」

「一応聞きますが、その公爵家に入るという言葉の意味は？」

隣にいるナージャが俺の手をぎゅっと握ってくる。

「……そうですわね。当家の騎士団長としてお迎えするのはいかがです？」

「俺の望みはナージャと静かに暮らすことです。だから公爵家への士官はお断りさせていただきます」

はっきりと告げた。何か言われるかと身構えるが、雰囲気は緩い。ナージャは俺の手をぎゅっと握っている。

「ふう、しかたありませんわね。もともとわたくしの方が恩を受けた身でありますし」

「しかし、今回の騒動への御助力は、俺個人としてはありがたく思っております」

「え！　それでは！」

ヒルダ嬢は何かを期待するような表情でこちらを見ている。が、ない袖は振れない。だから自分にできる限りの提案をすることにした。

「なので、そうですね。個人的にヒルダさんと友誼を結ばせていただきたいのですが、いかがですか？」

「……といいますと？」

「友人として、何かあったら力になりますという意味です」

「それで、いいのですか？　……ふふ、欲のない方ですわねえ」

「もう欲しくて仕方ないものはこの手にあります。これ以上何を望むんですか？」

にっこりと笑顔を向けてくるナージャ。その姿をほほえましく見ているヒルダ嬢。なんとか話がまとまりそうなところで外から叫び声が聞こえる。

「アレク、大変だ！　ワイバーンが現れた！」

マークが顔色を変えて飛び込んでくる。

「なんだと!?」

「クエエエエエエエ!!」

ワイバーンの鳴き声が聞こえる。

上空を見るとワイバーン背中に人影が見えた。俺が合図すると、弓を構えていた冒険者が慌てて弦を緩める。そして、広場に着地したワイバーンからイイ顔をしたシグルド殿下と、槍を持ち、仏頂面のシリウス卿が降り立った。

「おう、我が友アレクよ。無事反乱の鎮圧に成功したようで何より！」

笑顔でバシバシと俺の肩を叩く。王族の顔を見たことがある者はそんなに多くない。

ただ、後日ゴンザレスさんに聞いた話では、シグルド殿下はよくお忍びで外に繰り出していて、ばれるまでは王都のギルドに所属して冒険者をこっそりとやっていたという変わり者だった。

「まあ、シグルド！　あなたまで！」

ヒルダ嬢が殿下を呼び捨てにしている。いいのか？　と思っていると、殿下はこれまたいい笑顔でヒルダ嬢の腰を抱き寄せた。

シリウス卿に確認すると、シグルド殿下とヒルダ嬢は正式に婚約したそうだ。もともとお互い幼いころから学友という立場で、家柄的にも申し分なしということだった。

何やらすごく顔が近い状態で平然と話す二人に周囲はポカーンとしている。

シリウス卿が苦虫を噛み潰したような顔で咳払いをするまで、周囲の人間は何とも言えない雰囲気に耐える羽目になるのだった。

## 第24話　秘められた真実

ヒルダ嬢はグリフォンを乗りこなし、武勇にも優れる。さらに所領の一部を預かりその統治にも実績を上げていた。そのまま行けば爵位を継ぐこともあり得るのではないかとも言われていたそうだ。

彼女には優秀な兄がいて、兄が家督を継ぐと言われていたが、ヒルダが領地経営で前例のない実績を上げてしまった。そのことで家督相続への影響を危惧した兄の寄り子貴族が先走った。先日のヒルダ嬢への襲撃は、どうもそういう事情らしい。

腕利きを送り込んだにもかかわらず、結果的にすべて撃退され、捕らえられ、騒ぎが表面化したため、兄妹の父である公爵が騒ぎの収拾を図った。

ヒルダを嫁に出すことで兄が後継者であると示したのだ。

＊＊＊

時は少し遡る。衝突が起きる前日、ヒルダは父に呼び出された。父たる侯爵は不機嫌な表情でヒルダに声をかける。

「ヒルダよ、そろそろ潮時だな」

「くっ、仕方ありませんわね……」

「そなたは十分に才を示した。あとは婿の下でその力を振るうがよい」

「なれば、わたくしが納得する相手を探してくださいますか？」

「ふむ、シグルド殿下か？」

「……彼ならば確かに申し分ありません、ただ、新鮮味がありませんわね」

「ふん、であれば、そなたを救って王都に向かった彼の若者か？」

「そう、ですわね。武力という点では申し分ありません。おそらく、あれほどの力があれば必ずや何らかの騒動に巻き込まれましょう」

「そこでそなたが彼を助け取り込むか？」

「ええ。龍王の力を賜っていますからね。運命が放っておきませんでしょう」

「それはそれでよい。ところでな、北に暗雲が迫っておる」

「帝国が……？」

「盟約は破られようとしておる。先ほどの魔物の襲来はその嚆矢《こうし》であろうよ」

「ラードーン子爵の動きもですわね？」

「ほぼ間違いあるまい。故に先手を打つ」

「ロブハー《グリフォン》をお借りしても？」

「ふふ、あれは儂よりそなたに懐いておるな。本来当主にしか乗ることは許されんのだが」

「最後のわがままですわ。どなたに嫁ごうとも、わたくしがあの子に乗ることはなくなります し」

「いいだろう。この印綬を預ける。謀反人たるラードーン子爵を捕らえよ。場合によっては討っても構わぬ」

「はい！」

＊＊＊

さて、これは後の話となるが、ラードーン子爵は、爵位剥奪の上、敵国との内通のほか国内での騒乱や、いろいろな犯罪に手を染めていたため、国外追放となった。北の森に叩きこまれたとのことなので、帝国への追放らしい。

　また、彼に従っていた者も、いろいろな末路をたどった。一部は強制労働者として鉱山に送り込まれ、また一部は子爵と共に追放されたとか……

＊＊＊

「さて、ここに来たのはほかでもない。アレクに話があったのでな」

　ここで表情を改めたシグルド殿下が爆弾を投下した。

「アレク……アクセル卿の行き先を知りたくはないか？」

「……どういうことですか？　爺ちゃんは約束を果たしにいくと言ってましたが」

「そうではないのだ。事情があってな。……そうか、ナージャ殿の父君はニーズヘッグ様であったな。アレクの祖父は妻の父の敵となるわけか」

　重苦しい雰囲気になる。とりあえず隣で話を聞いていたナージャが口を開いた。

「ねえ、アレク。わたし……気にしてないよ？」

「え？」

「お爺ちゃんは、お父様を止めてくれたの。心が苦しくて、治らなくて、正気を失って暴れることしかできなかったお父様を、これ以上の罪を重ねないために」

「……知っているのか？」

「わたし、たまごの中で夢を見ていた。お母様が倒されたこと。お父様が悲しみで壊れていくところ。全部見てた」

　ナージャの双眸から透明な涙があふれる。その姿を見たヒルダ嬢がもらい泣きをして、ハンカチで鼻をかんでいた。いろいろ残念なお嬢様だ。

「そう、か。ありがとうな」

「いいの。お爺ちゃんと、それに何よりアレクは私にいろんなものをくれたから！」

　涙をこぼしつつ微笑むナージャはとても綺麗だった。俺はナージャを抱きしめ少しにじんだ涙をごまかした。

「ん！　んん！　そろそろいいか？」

「あ、え？　ああ、そうでした」

　ナージャがぱっと俺から離れて俺の後ろに隠れた。

「アクセル卿はな、ニーズヘッグの心臓を封じに行ったのだ」

「龍の心臓は無尽の魔力を生み出す触媒にもなり、さらには龍の血を作り出す。だがニーズヘッグになった黒龍王の心臓からは同時に負の感情に汚染された魔力が出ていたのだ。それゆえに封印する場所を選ぶ必要があった」

　ニーズヘッグの末期《まつご》の頼みは、我が子、すなわちナージャの無事を確保することだった。卵から孵し、その身を守れるようになるまで見守ることを望んだ。

　心臓はアクセルが持ち、左眼は今、俺の心臓と同化している。

　龍の心臓はそれこそ、国を一つ購えるほどの価値を持つ秘宝だ。アクセルが持っていることが悪しき者に知られてしまったため、村に迷惑が掛からないようにと、急ぎ旅立つことになったとのことだった。

「爺ちゃんは、どこに？」

「世界樹ユグドラシルの根元だ。普通の人間ではまずたどり着けぬ。迷いの森があるからな。アクセル卿はエルフの助力を得ていると聞く」

「なるほど。帰れないかもしれないから、もう会えなくなると言ったんだな、爺ちゃん……」

「……それだけではない。封印の術式には……術者の命がいる。アクセル卿はフレースヴェルグ様の力を授かった。その力を使ってアクセル卿は、ニーズヘッグの心臓から溢れ出る汚染した魔力を封じ込めているのだ。そして心臓を永遠に封印するためには、自らの身体に取り込み、自分ごと地に埋る必要がある」

「それじゃ……!?」

「察したか。死ぬこともなく永遠に汚染した魔力に耐えることとなる。あの時はそうするしかないと思ったそうだ。だがな、お主ならば、あるいは……その身の龍の力を持ってすれば」

「封印ができたら、何が起こるのですか？」

「わからぬ。ただ、お主のそばにいるニーズヘッグ様の思念は消え去るだろう」

「なぜそのことを俺に話したんです？」

「おそらくだが……帝国が龍の心臓を狙っているからだ。アクセル卿の目的は今苦境に陥っている。帝国の手の者に阻まれているのだろう」

「なら……！」

「お主には重荷を背負わせることになるが……」

「いえ、ありがとうございます。というか、俺も爺ちゃんと同じということ、ですね？」

「ああ、だがお主の場合だと、フレースヴェルグ様の力とニーズヘッグ様の力の両方を受け継いでいることとなる」

シグルドとの話で旅立ちを決意した俺に、ナージャが少し申し訳なさそうに話しかけてきた。

「ア、アレク。ちょっといいかな？」

「うん？　ナージャ、どうしたの？」

爺ちゃんが生きている。会いに行けると意気込む俺に、少し恥ずかしそうに、嬉しそうに告げたその言葉は、俺の感情を爆発させた。

「わたし、赤ちゃんできたんだ」

俺は文字通り飛び上がって、叫んだ。

## 第25話　喜びと葛藤と

「やったああああああああああああああああ！！！！」

俺はナージャを抱きあげてくるくると回る。ヒルダ嬢が口元を押さえながら叫ぶ。

「素晴らしいですわあああああああ！」

「アレク、おめでとう！」

ゴンザレスさんがバシバシと俺の肩を叩く。ナージャのおめでた宣言、その瞬間から村はお祭りモードになり、宴会になっていた。

「うわははははははははは！！！」

大口を開けてシグルド殿下が笑っている。ジーク爺さんが殿下の盃に酒を注ぐ。そしてなぜか肩を組んでゲラゲラと笑っている。

その姿を見てシリウス卿がため息を吐いていた。

子供がお腹にいるからということで、酒を禁じられて少し寂し気なナージャ。しかし、パクパクと料理を口に運んでご満悦だ。

そして、なんか見てはいけないような光景が繰り広げられていた。

グリフォンのロブハーが、その大きさが一割にも満たないフェイの前でぺたーんと腹ばいになっている。

フェイがぺちっと鼻面を叩くと、翼を器用に折りたたんであおむけになった。

その姿を見てナージャがうんうんと頷いている。

「あれって、服従のポーズ？」

俺の問いかけに、ナージャはニコニコとしながら答える。

「そだねえ。フェイも龍だし」

「いつの間に……って俺の力を取り込んだからか」

「んー、たぶんフェイが本気で風を操ったら、この村はすぐに更地だね。アレクがいるから間違ってもそんなことしないだろうけど」

「……グリフォンも相当強いはずなんだけどなあ。フェイの方が強いのか……」

「見た目だけじゃ判断できないのはアレクも同じでしょ？」

「それを言われると……」

そこで少し会話が止まる。お互い無言で向き合った。

「アレクはどうしたいの？」

「え？」

「お爺ちゃんに会いに行きたいよね？」

「ああ……けどね、ナージャをほったらかして爺ちゃんに会いに行ったら、多分ゲンコツが飛んでくるな」

「あはは、お爺ちゃんそういう時は厳しかったからねえ」

「そうだなあ。俺が当番を忘れて遊んでた時、ゴツンとやられた。あれは痛かったなあ」

なんだろう。今日はいろんなことがあった。いろいろとありすぎた。爺ちゃんが生きてるって知ったこと。ナージャと俺に子供ができたこと。

涙があふれてくる。爺ちゃんが出て行って、両親の行方も知らず、俺のそばにいてくれるのはナージャだけだった。

けど今は、俺を友と呼んでくれる人がいて、力を貸してくれる仲間もいる。そして子供ができた。

「あれ、おかしいな。嬉しいのに、幸せなのに、なんで泣けてくるんだろ？」

「そうだね。おかしいね……あははは」

ナージャも涙を流している。ああ、幸せなときにも涙ってあふれるんだなって初めて知った。

少し経ってお互い波打った感情が収まったころ、ナージャが口を開いた。

「で、話を元に戻すけど、お爺ちゃんを探しに行くんだよね？」

「ああ、けど、それは……」

「大丈夫、わたしも行くから」

「え!?」

「何とかするよ。それにね、この子も大丈夫だよ」

お腹に手を当ててほほ笑むナージャは、これまでと違った表情で笑っていた。ゆったりとした、優しい笑顔だった。

「よいか？」

そこにシグルド殿下がヒルダ嬢を伴ってやってきた。

背後にはシリウス卿が影のように控えている。というか、レンオアム公爵家の家臣たちもそこにいた。

「アクセル殿がいるユグドラシルだがな。やはりちと遠い」

「そもそもユグドラシルってどこにあるのですか？」

「ユグドラシルは、エルフの集落がある迷いの森を抜けた先にある。ユグドラシルの葉や枝は、力ある武具や薬の材料となるが、エルフたちは素材を求める者から守るために、ユグドラシルの麓にいるわけだ」

「そうなんですね」

「ああ。そして、前置きが長くなったが、帝国が迷いの森のそばに砦を築いているそうだ」

「それは!?」

「森への侵攻を始めようとしているということだ」

「と言うことは……爺ちゃんまさか最前線で戦ってないよね」

「その通りだと言ったら？」

「助けに行かないと！」

「ああ、そうだな。エルフたちもアクセルに協力して防戦している。だが状況はそこまでよくはないんだ」

俺は歯噛みをする。爺ちゃんを助ける力が備わったはずなのに、身動きが取れない。

ナージャはついていくと言っているが、俺には、妊娠したナージャを連れていくという選択肢はない。どうすればいいのかわからなかった。

「大丈夫だよ。何とかなるなる」

よくわからない語尾だが、ナージャが励ましてくれているのはわかった。

「何がどう大丈夫なの？」

「ふふ、そこは、まあ、明日のお楽しみ、かな？」

それ以上ナージャは何も言わず、宴の場をあとにした俺とナージャは、自宅のベッドで眠りについた。

＊＊＊

そして翌朝目覚めると……ひと仕事終わったとばかりにいい笑顔をしているナージャと、人の頭くらいのサイズの卵がでーんとベッドの上に鎮座していた。

「なんじゃこりゃああああああああああああああ！！！」

早朝の村に俺の絶叫が響き渡ったのだった。

# 第26話　誕生のとき

「あ、アレク。おはよう！」

「あ、ああ、おはよう。この卵って……？　あっ！　何とかなるってこのこと!?」

「うん、わたしたちの愛の結晶だよ！」

すこーしばかり反応に困っていると、脳裏でなんか感極まったような声が響いた。

（ぬ、ぬおおおおおおお!!　長き時を経て、我が血族が……うおおおおおおおおおん!!）

脳裏にいつぞやの黒ずくめのおっさんが現れて、号泣しているシーンが浮かぶ。

生まれてきたのが赤ん坊だったら俺も似たようなリアクションだったのかもしれないけど、卵ってことで若干思考停止している。

って……ナージャってそういえばいくつなんだ？　そう思って、思わず質問してしまった。

「えっとね、わたし生まれてからずっと卵のままだったの。赤ちゃん龍じゃ身を守れないから。けどね、戦いが終わってからアクセルお爺ちゃんに魔力をもらって生まれたんだ」

ナージャの話によると、ナージャの卵はダンジョンの奥底に封印されていたそうだ。爺ちゃんがそこにたどり着くのに時間がかかってしまったとのことだった。

さらに卵を孵《かえ》すのも困難だった。相性のよい魔力でないと卵が吸収してくれないし、そもそも卵の中にいたナージャが、外に出たくないと拒絶していた。

ティルの村に戻った後、アクセル爺ちゃんは日々、試行錯誤を繰り返していたらしい。

「大変だったんだな……」

「そういえば、この卵って、どうやったら孵《かえ》るの？」

「あ、うん。龍の卵だから、わたしとアレクの魔力を注いで育てるんだよ」

「龍だったら誰の魔力でもいいの？」

「相性が良ければね。わたしとアレクなら大丈夫！」

「そうか、ナージャを孵《かえ》させたのは爺ちゃんがフレースヴェルグ様の加護を持ってるから」

「ううん、そうじゃないの。お爺ちゃんは……お父様の右眼を使ってくれたの」

実際には、賭けだったそうだ。フレースヴェルグの魔力を使って、ニーズヘッグの右眼を活性化させる。そしてその眼を卵に直接投入した。

このやり方では、ニーズヘッグの恨みや怒りを引き受けてしまう可能性があった。場合によってはニーズヘッグ二世が生まれ、再び戦いが起きてしまうかもしれない。

しかし幸運なことに、末期の瞬間にニーズヘッグが思い浮かべたのは、家族と過ごした幸せな時間だった。爺ちゃんは息絶える瞬間、ニーズヘッグが笑みを浮かべていたことに賭けたそうだ。

「世界は怖いところではない。娘よ、お前の幸せを見つけるために生きるのだ」

そう、父の声を聞いた次の瞬間、自分はこの世界に生まれ出たという。

「ああ、そうなのか。だからナージャには……」

少し悲し気に、でも誇らしげにナージャは頷いた。

「そう、わたしはお父さんとお母さんと、お爺ちゃんの意志を受け継いでいるの！」

そう言ってほほ笑むナージャを思わず抱き寄せた。

「そうだな、今は俺もいるし、この子もいる。爺ちゃんを頑張って連れ戻そう。それで、家族で暮らすんだ！」

「うん、うん、ありがとね。アレク」

「ああ……」

卵は龍の子を守るため、親の鱗と同等の頑強さを持つという。であるならば、ナージャと一緒に連れて行けばいい。俺が守るんだ！　と、決意を改めていたところで、ドアがノックされた。

　とりあえずドアを開くとヒルダ嬢が幸せそうな笑顔で挨拶してくる。

「おはようございます、アレク様。奥方に滋養のつくものを持ってきましたわ」

「ああ、そのことなんですが……」

　俺が口ごもると、何かを感じ取ったのかナージャの方を見る。

　ナージャはニコニコと笑みを浮かべつつ、膝の上に卵を抱いて撫でていた。

「えっと……アレク様。あちらは？」

　うん、そうなるよね。

「うん、ナージャが今朝産んだんだ」

「は、はい？」

　さすがにフリーズしている。

「あ、ヒルダさん。見てみて、可愛いでしょ」

　うん、ナージャは素でやっているけど、見ようによっては少しヤバい人っぽくも見える。

「えっと、ね。皆さん忘れかけてるようですが……ナージャって純血の龍族なんですよね？」

「あ、そうでしたわね！　なんというか、親しみやす過ぎて忘れかけておりました……」

「ああ、うん、わかります。ただ、龍としての力がまだ完全には目覚めてないみたいですけどね」

「そう、なのですか？　魔術師としての実力はかなり高そうですけど」

「人間レベルから見ればそうでしょうね。でも龍の本当の力は人には計り知れないほどです。そう考えたら、ね」

「……なるほど、そういうことですか」

「ええ。もちろん魔力の量とかは桁外れですけどね」

というあたりで、俺たちはヒルダ嬢が持ってきた食事をいただくことにした。上質な小麦で焼いたパンは非常に美味しく、ハムなどもかなり上等なものだった。

「おいしー！」

ナージャは非常にご機嫌だった。出産をしたんだからそれなりに体力を消耗しているんだろうか？

フェイは足元ではむはむとパンをかじっていた。

ヒルダ嬢が帰った後、俺たちはベッドに横になっていた。間には卵が置かれている。なぜかフェイも卵の横で丸くなっていた。

ナージャと手をつなぎ、空いた手を卵に添える。殻はこの上もなく真っ白で、ほのかに温かく、中に息づく我が子がまっさらな存在に感じられた。

最初の驚きが過ぎ去ってしまえば、いろいろと見えてくるものがある。この卵の中には小さな命が息づいていて、それは俺とナージャの魔力が混然一体となったものだ。

俺たちは殻を通して中に魔力を注ぎ、フェイがモフっと卵に寄り添う。

ナージャは目を閉じ、愛おしげな表情を浮かべる。

その表情を一言で表すなら、慈母であろうか。無限の愛情を我が子に注ぐ姿は、自分の記憶の中の母親と重なった。

しばらくそうしていると、徐々に卵の中の魔力が凝縮してゆく。カタカタと卵が震え始めた。

「え？　もう、なの？」

「どうしたの？」

「えーとね、普通はこんなすぐには生まれないの。何日か魔力を注いで、なじませていくものなの」

「そう、なのか。何が起きているんだろう？」

「わからない。けどね、悪い感じはしないの」

「ああ、そうだな。というか、なんといったらいいか、すごく温かいね」

「そうだね」

しばらく様子を見ることにして、俺たちはひとまず魔力を注ぐことをやめていた。フェイも俺の膝の上で丸くなっている。ただ、視線は卵に注がれていた。

そうして、少しの時が過ぎると、卵の表面に亀裂が入る。

「「あっ！」」

異口同音に声を上げる。

ぴしり、ぴしりと卵にひびが広がり……中から黒い羽毛に包まれたもっふもふのドラゴンが現れた。

「ふわああああああああああああああ！！！」

ナージャが叫ぶ。その声からは、我が子に会えた歓喜と、可愛いものを見て萌えている両方が感じ取れた。

プルプルと体を震わせて卵の殻を振り落とす。なんだこれ、しぐさそのものが可愛い。

思わず手を伸ばすと、俺の手の上によじよじと上ってくる。ナージャは真剣な顔で応援していた。

そして、俺の掌の上で、我が子は言葉を投げかけてきた。

「初めまして、パパ、ママ」

よくわからない感情の渦に飲まれた。今まで嬉しいことはいろいろあったけど、この気持ちは別格だと思った。それほどまでに俺の心は、揺さぶられていた。

## 第27話　贈り物

そしてハタと気づいた。なんでしゃべってるのこの子？

「あはは、賢いですねー。さすがわたしたちの赤ちゃんです！」

「ママ、ありがとー」

俺の手の上からパタパタと羽ばたいてナージャの胸元にダイブした我が子。くっ、今はお前に貸しておいてやるが、いずれ取り返す！　などと謎の決意を固めていると、ナージャと我が子がぼそぼそと話している。

「こうやってね、ぎゅーんって魔力を胸のところに意識するのね」

「……こう、かな？」

「そうそう、お上手！　これからが楽しみだわ！」

子ドラゴンの体内の魔力が一定の方向にそろう。そして、集中された魔力がぱっと解放され、一瞬輝くと……ナージャに抱きかかえられた、黒髪の三歳くらいの女の子がいた。

「……うん、今更だけど、龍っていろいろ規格外《デタラメ》だね」

脳内ではお義父さんがすごい勢いで絶叫していた。内容は割愛するけど一言で言うならジジバカ、だろうか？

「アレク、聞いて」

「……何かな？」

「わたしが力を抑えていたのは、この子を無事に産むためなの」

人間でも、胎内の子供に母親は栄養を分け与え、一年近い時をかけて育てる。ましてや規格外の力を持つ龍ならなおさらだろう。

ただ、妊娠期間を短縮するために限界まで自分の力を削って注ぎ込んだのは……「ほら、アレクにこの子を早く会わせてあげたかったんだよ！」だそうで。理由がいじらしくて泣きそうだ。そもそも龍はあまり子供ができないらしく。だからこそ、早く産みたかったという理由もあったそうだ。

「うん。そういうことだったのか」

「ごめんね。言うとアレクは心配するでしょ？」

「当り前じゃないか。最愛の奥さんだよ？」

この一言にナージャの表情が緩む。

「にへえ……奥さん……にゅふ、にゅふふふふふふふふふ……はっ！」

トリップ状態からの復帰が早くなった。これが母の自覚か！

「えっとね、まず、この子は龍だけど、見た目通りの力しかないの」

「なるほど。けどこの子の身体を……宝の山として見るやつもいるよね」

「悲しいけれどね。そういう目で見る人の方が多いと思う」

しゅんとなるナージャ。胸元には子供がしがみ付いている。

「うん、俺たちで守ろう。この子が一人で生きていけるようになるまで」

「だからね、この子も連れて行くから」

「……留守番の方がよくないか？」

「何言ってるの。世界最強のアレクのそばが一番安全だよ。それに、もうわたしも力を抑えないから、ね」

そう言って魔力を開放したナージャは、並の、どころか一流どころの魔術師が何十人も束になってもかなわないくらいの魔力を秘めていた。

「わかった。絶対に俺のそばを離れるなよ。絶対に守るから！」

「うん、そう言ってくれるって思った。よろしくね、お父さん」

お父さんという言葉に胸がじんわりと温かくなる。

＊＊＊

娘よ。パパ頑張っちゃうぞー！　と決意した瞬間、様々なことが頭をよぎった。

「パパ、わたしね、好きな人ができたの」

「パパ、紹介したい人が、いるの。会って、くれる？」

「今まで育ててくれてありがとうございました。わたし、幸せになるね！」

なんだろう、この怒りと悲しみは。まだ見ぬ娘婿に対しての殺意が膨れ上がる。

「娘は誰にもやらんぞオオオオオオ!!」

唐突に叫び出した俺をナージャがジト目で見てくる。娘はびっくりした表情を浮かべていた。

「アレク……この子が幸せになれなくてもいいんだ」

「ちがう、そうじゃない！　けど、いつか巣立っていくと思うと寂しくて……」

(うむ、息子よ。我の気持ちを理解したか！　我はもはや肉体を持たぬ身ゆえ、孫の幸せは貴様に託す！)

「お義父さん！」

ふーっと、ちょっと深めのため息を吐くが、ナージャの表情は優しい。

「お父様にも抱っこさせてあげたかった、ね」

「ああ……あのいかめしい顔がにへっと崩れるところを見たかったな」

「へ？　アレク、お父様を見たことあるの？」

「あ、ああ。子供のとき、契約した時にだね。きりっとしたかっこいいおっさんだった」

「そう、そうなのね。わたし、絵に描かれた龍の姿しか知らなくて」

「そっか。爺ちゃんを連れ戻したらさ、一緒にお義父さんの話を聞こう」

「うん、そうだね。楽しみ！」

泣き笑いするナージャを、ぎゅっと抱きしめる。もちろん子供がいることを計算してやんわりとだ。

娘は天使のような寝顔で眠っていた。卵の殻を突き破るのに疲れ果てたのだろう。

ナージャが優しい手つきで子供をベッドに寝かせると、ポムッと音がして、龍の姿に戻っていた。ひょいっとフェイがやってきて横で眠る。

毛並みの色合いが白と黒であることを除けば、兄弟のようによく似ていた。

「あ、そういえば。今更なんだけど」

「うん？」

「名前、どうしようか？」

「あ、そうだよな。実際に生まれるのってもう少し先だと思ってたからなあ」

「あー、人間だったらそうなるよね。何かいい名前はあるかな……？」

いくつか候補はあった。だが、龍は名前を付けるとその性質すら変えるほどの意味をもつ。ただの黒い龍と呼ばれていた義父が、怒りに満ちた者、憎悪に支配された者などの意味をもつ「ニーズヘッグ」と名乗ったことで、怒りにその心を支配されてしまったように。

「ナージャ、この子にどんな生を望むんだい？」

「できる限り幸せであってほしいね。けど、名前、何がいいんだろう？」

「じゃあ、〝エイル〟はどうかな？　慈悲と癒しの女神の名前だ。この子が皆を慈しむことができたらいいな」

「……この子が、みんなを慈しむ心を持てば、この子もみんなに慈しまれる？」

「ああ、俺はそう思う。そうやって、お互いを大事にしていけば、きっと幸せになれるんじゃないかな？」

俺たちは眠る娘に向けて、呼びかけた。

「可愛い俺の娘。エイル。君は今からエイルだ」

「エイル。可愛いわたしの娘。この名前をあなたにあげる。どうかあなたが幸せでありますように……」

窓から入った日差しがポカポカとフェイとエイルに降り注いでいる。春はもう近くまで来ていた。

# 第28話　初めての……

　エイルの名前を呼んだ瞬間、言霊に込められた魔力がパッと弾けて静かに消えた。

　今まで混沌としていた我が子の魔力が、方向性を得て光り輝く。

「パパ……？」

「なんだい？　エイル」

「わたし、エイル？」

「そうよ。あなたはエイル。わたしたちの娘」

　そしてエイルを二人の間に挟んで抱きしめる。

　何これ、すげーモフモフ。ものすごくモフモフ。ナージャを抱きしめたときと同率首位の癒し効果があった。

　とりあえず、村のみんなに紹介するために外に出る。

　すると巡回をしていたゴンザレスさんに出会った。

「あ、おはようございます」

「おう、おはよう。んでよ、アレク。そのちっこいのは？」

「娘です」

　ゴンザレスさんのあごがカクーンと落ちた。

「お、おう。名前はなんていうんだ？」

「エイル、です」

その名前を聞いたとき、ゴンザレスさんのひげ面がものすごい勢いでゆがんだ。

「ふおおおおおおおお！」

呼んだ？　とばかりにエイルが目を開き、ゴンザレスさんの方を向いてくいっと首を傾げた。

うん、ひげの隙間から見える肌が真っ赤になっている。どんだけ萌えているんだろう。

「……すまん、我を忘れた」

「うちの娘ですから！」

ナージャがフンスと胸を張る。もきゅっと首をかしげるエイル。お父さんもダメになりそうだよ……

「ふわあああああああああああ！！　かわいいいいいいいいいい！！！」

続いてヒルダ嬢が陥落した。後ろにいるシグルド殿下も目元が緩んでいる。頬まで緩めないのはたぶん王太子としての矜持《きょうじ》だろうか。

「んで、この子も連れて旅に出るってのか？」

みんなが落ち着いたあたりで、ゴンザレスさんが聞いてくる。言外に「大丈夫か？」とこちらに問いかけてきていた。

「ええ、なんだかんだでこの子も龍族ですからね」

「だが、このような幼い子供を危険にさらすのは……」

というあたりで、くるっとエイルが宙返りした。直後にモフモフから、黒髪の幼女に変身する。髪の色こそ違うが、ナージャを幼くしたらこんな感じだろうという姿に、一同笑みを浮かべていた。

「その子はどの程度の力があるんだ？」

シグルド殿下の疑問はもっともだった。それについては俺も知っておきたいと思い、訓練場に向かった。

＊＊＊

訓練所につくと、ナージャがエイルに力の使い方を説明し始める。

「そうね、まずはぐぬぬって力を溜めるの」

「ぐぬぬー」

「それをえいやって、目の前に展開してね」

「えいやー！」

「で、うりゃーって発射！」

「うりゃー！」

なんだこのほのぼの会話。和《なご》むじゃないか。

というか、こんな擬音でしか説明されてない状態で、いったいどうしろというのだろうか。

「まずは、そこの案山子《かかし》に攻撃してもらおうか」

「わかりましたー、じゃあエイル。さっき教えた通りにやるのよ？」

「はーい、ママー」

なんだろう。戦闘能力を測るはずなのに、新しいお遊戯を覚えた子供のお披露目にしか見えない。けれど、魔力量はすでに桁外れで、これを操ることができれば、高ランク冒険者でもかなわないほどのレベルだった。

「んんんんんーーーーー」

エイルが顔をしかめて力を入れている。周囲の視線はとても温かい。はじめてのお使いを見守る村人のようだ。

しかし高まっていく魔力は、ほのぼのどころじゃなかった。

「ちょっと！　ナージャ、これまずい。防御結界を！」

「あれ？　あ、これまずいやつだ!?　えっと……」

「あーもー間に合わん！　来たれ黒き龍鱗よ！　オブシディアン・スケイル！」

ニーズヘッグの鱗を再現する盾魔法で、ぐるっとエイル自身も含めて覆う。

「んーんーんー……てやっ！」

気の抜ける気合と共に、高密度の魔力を束ねたブレスが放たれた。

キュドッ！　とこもった爆発音とともに派手に反動が来ると思ったが、来なかった。

ただ、盛り土の上に設置した案山子《かかし》は消滅し、その背後の土手も消し飛んでいた。

「すごいわー！　エイルちゃん、お上手ねえ！」

ナージャはすかさず娘を抱きしめる。そして当のエイルは……

「きゅぅ……」

ありったけの魔力を集約して叩きつけるという離れ業を演じ、魔力欠乏で気絶していた。

あまりの光景に、ナージャ以外は茫然としていた。

「龍に手を出すなと言われる所以《ゆえん》を感じた……あれはいかん」

「ですわ、ねえ。けどかわいい……」

「うむ……ではなくて、もう少し魔力の使い方に慣れれば、宮廷魔術師でも蹴散らすな」

「ですわねえ。それにアレクさんがついてますし」

「下手な護衛だと足手まといになるな」

「ええ、少なくともこっちで預かるとかそういう必要はなさそうですわね……」

# 第29話　娘と遊んでみた

「アクセル殿の情報は王家の名において提供しよう。あとは、旅の準備だな。装備品を用意させているので、少し時間をくれないだろうか？　それにしても迷いの森の場所が問題で、北の帝国領内にある」

「そういうことですか。というか最初からそう言ってくれればいいのに」

「帝国は今、竜を狩って武器を作り、勢力を伸ばしている。人の生活できる範囲を広げ、開拓を進めていると聞く」

「龍ではなく竜とはいえ、普通の人の手に負えるものではないでしょう？」

「そうだが、帝国では、竜を殺した者に貴族位を与えている。その者一代限りだがな。功績をあげれば位が上がる。これが、成り上がりの道になっているようだ」

「いくらでも希望者が来ると？」

「そういうことだ。竜殺しとは別に、近々は開拓するより人が住む土地を奪いに来ることもあると」

「もしかして……先日の魔物の襲撃も？」

「試しにやってみた程度の認識だろうがな。国の境の領主を引き抜くのはよくある話だ。件《くだん》の元子爵は、父の跡を継いだばかりという話だったが……」

「加増を望んでいたとかですか……？」

「平たく言えばそういうことだ。切り取った領土を与えるとでも言われていたのであろうよ」

＊＊＊

シグルドとそんな話をしたあと俺は、準備に時間がかかることだし、エイルを訓練することにした。エイルはまだ魔法や身体を使うことに慣れていない。遊びの形で訓練を行い、ナージャは身体を動かす時の魔力制御を教えていた。

「パパー、遊んでー」

ナージャから教わっていたエイルが懐いてきた。可愛いな。

「何して遊ぶ？」

「んー、鬼ごっこ？」

「そうか、じゃあ、俺が逃げるから捕まえてみるか？」

「わかったー」

俺が少し離れたところに立つと、ナージャがエイルに何か耳打ちしている。そしてエイルがこくりと頷いた後、やたら楽しそうな笑顔で「いくよー」と宣言してきた。

「おいでー」

思わず笑みがこぼれる。この子、まだ生後二日目なんだぜ？　信じられないくらい可愛いな。

「んーーーーー！　てや！」

エイルは魔力を足に込めたあとで、踏み込んだようだ。

なぜ「ようだ」なのか？　それは魔力を足に込めたことで、地面がえぐれたからだ。その結果、踏み出す足が空を切り、そのまま窪みに落下してしまった。

「うー、むずかしい」

魔力が強力すぎて、地面の強度以上の力を込めてしまったようだ。

「もういっかい……へや！」

可愛らしい掛け声と裏腹に、とんでもない速度で迫る愛娘。手が伸びてくる。その手は可愛らしく握られていたが、なぜか俺の顔面に一直線に迫ってくる。

俺はヘッドスリップでよけたが、頬をかすった。頬からは、血が流れる感触がある。

(ほほう、さすが我が孫。見事な一撃だ)

やたらのんきな声が脳裏に響く。

これ直撃したら俺、意識刈り取られないか？　子供ゆえに一直線な攻撃だから避けるのはたやすいが、鬼ごっこってもっと平和的な遊びだよな？

「えい、やあ！　とーーー！」

真正面から繰り出される拳の弾幕。歴戦の格闘家よりも速く鋭い。手数も尋常ではない。リーチの短さが弱点だが、それも問題にならなさそうな威力だ。

「あはははははは！」

楽しそうに攻撃を繰り出してくるエイル。生まれたときからバトルジャンキーってどんだけ？　これが龍の血か!?

「うふふ、パパに遊んでもらえて楽しそうね」

まさに慈母の微笑みを浮かべるナージャ。見とれていたら再び拳が顔をかすった。

「うー、当たらない」

並の冒険者だったら束でかかっても、叩き伏せられるだろう。

(我の血を引いているからな。龍王の戦闘経験を受け継いでいる。こうして我が血脈と力は受け継がれるのだな。おお、なんという喜び！）

あー、だから俺も力に目覚めたときに、どう動けばいいのか「わかった」のか。

「きゃはははは！」

いい笑顔を浮かべて拳を繰り出すところに蹴りも加わった。ナージャが足をしきりに動かしていたせいか、閃いたようだ。

というかスカートがめくれるからハイキックはやめなさいと、ナージャに視線でツッコミを入れる。

すると、ちょっと顔を赤くして黙り込んだ。かわいい。

「ふしゅー……」

エイルは疲れたのか、座り込んだ。

「もうおしまいかい？」

「うん、つかれたの。けどパパつよい、かっこいい！」

にぱっと笑う表情の癒し効果は抜群だ！

こうして鬼ごっこという名前の戦闘訓練が日課に加わったのだった。

## 第30話　お爺ちゃんとエイル

（おい、婿殿。ちと試したいことがあってな。すまんが孫と手をつないでくれんか？）

唐突にお義父さんが言い出した。

「へ？　なんなんですか？」

(いいから早くしてくれ)

ナージャと遊んでいるエイルを手招きすると、突進してきた。一歩踏み出すごとに地面に穴《あな》が空《あ》く。

「パパー!!」

肩と背中から体当たりしてきた。これなんかの武術であるやつだよなあと思いつつ、やんわり受け止める。

抱きとめた瞬間ポムッと音がして、エイルはドラゴンの姿になっていた。俺はお義父さんの言う通りエイルの手を握った。

それにしてもエイルのモフモフの毛並みに癒される。

(あー、あー、エイルよ。我の声が聞こえておるか？)

俺には聞こえている。けどまあ、ここは様子を見ようか。

「ほえ？」

なんかきょろきょろしている。聞こえているのか……？

(我が名はニーズヘッグ。お前の祖父に当たるものだ)

「……祖父ってなあに？」

うん、聞こえてた。そしてきょとんと首をかしげているモフモフに、いろいろと腰砕けになる。可愛すぎるんじゃ。

「エイル、お爺ちゃんはアクセルおじーちゃんだよ」

「おじいちゃんはアクセルおじーちゃんだよ？」

「ナージャは、そんなことまで教えてたのか……」

「うん、ママを助けてくれた人なの！」

「ああ、アクセルはパパのお爺ちゃんだよ。でね、この声は……」

「うん、わかる。ママとおんなじ……ちょっとこわいけど、とってもやさしいの！」

　エイルはぽわんとした顔で笑っていた。

　俺は、ナージャの子供のころを思い出した。それは俺と視覚を同調させたお義父さんも感じたようだった。

（アクセルよ、我が好敵手よ、汝とは命を奪い合った仲だが、今ここにおいては感謝の念しかない。ぬおおおおおおおおおおおおおお！！！）

「ええい、人の頭の中で叫ぶんじゃねえ！」

「パパ、ニーズおじいちゃんどうしたの？」

「ニーズ……またきっぱりと略したなあ。じゃなくて、エイルに会えてうれしいんだよ」

「そっかー、わたしもうれしいよ！」

　なんか、俺の脳内でお義父さんが大号泣している。いい年したおっさんが泣くのは非常に見苦しいが、それはそれとして、エイルが喜んでいるのは親としてもうれしい。

ちなみに、同じことをナージャにも試したそうが、なぜか声は届かなかったそうだ。生まれる時に、ニーズヘッグの傷ついた右眼を使ったせいかもしれない。その傷がノイズになってしまった可能性があった。

じゃあ、俺とエイルは？　血のつながりがあるからか……？

ふと思いついて、俺はエイルと手をつなぐ。そして反対の手をナージャにつないでもらう。

「お義父さん。これでもう一回やってみようか」

(う、うむ。あー、あー。我の声変じゃない？)

「はい、大丈夫ですよ。お父様……」

テストのつもりで出した声が即座にナージャにダイレクトで響いた。俺とエイルとの間にはつながりがある。エイルとナージャにもだ。ならば、と考えたわけだ。

ナージャは親の顔を知らない。ナージャが生まれてからしばらくして母は討たれ、父も爺ちゃんに倒されていた。

「ああ、お父様。またお話しできるなんて……」

(ナージャ、ナージャよ！　我が娘よ！　我の声が届いたか！　おおおおお！)

ナージャは感極まって涙を流している。顔はくしゃくしゃに歪んでいるが、それでも歓喜は伝わってきた。死に別れた父と会えたのだから。

「ママー、お爺ちゃんすごいね。眼だけになってるのにね」

なんというか、龍族の本能なのか、いろいろと龍の生態を理解しているようだ。

「そうね、おじいちゃんは強い龍だったの。エイルも強くならなきゃね」

「うん、がんばるー！」

＊＊＊

そして、ニーズヘッグの直接指導が始まった。

（力の総量が少ないのは幼き故にしかたがない。だが使い方を学べばより効率よく戦える）

「いや、なんというか、子供になに教えてるんですかお義父さん」

（ほう、では貴様はこの子が素材として解体されてもよいというのか？）

「世界滅ぼしますよ？」

（で、あろうが。なればこそ我はこの子に力の使い方を学ばせるのじゃ。世界のためにな）

「理解しました！」

「えーと……うにゅにゅにゅにょにょ……」

ただうなっているだけにしか聞こえないが、これは高密度な音階を使った圧縮言語というやつだ。龍魔法——いわゆるドラゴン・ロアを使うには不可欠らしい。

俺は人の身体がベースのため使えないし、ナージャはそもそも言語を知らないようだ。それで、いまエイルと一緒に学んでいる。

どうやらナージャは天才らしい。一度聞いた呪文は、内容から音階まですべてをマスターした。お義父さんは大喜びだった。

(あれの母も龍族の中では不世出の歌姫であったな。我は妻の歌声に一目ぼれしてな。五〇年くらい口説いたわ)

うん、そんなのろけ&なれそめを聞かせてどうするつもりか。

(しかしエイルは攻撃魔法はともかく、治癒魔法、防御魔法への適性がやたら高いな。名前通りか)

魔法の授業を受けていたエイルがいきなり走り出した。茂みの中に飛び込むと、すぐに出てくるが、その掌の上には傷ついて瀕死のリスが乗っていた。

「いま、教えてもらった魔法を使ったら、この子治せる?」

今にも息絶えそうなリスを見て、エイルはその眼に涙を浮かべている。

「そうね、できると思うわ。けどね、呪文を失敗したら手遅れになっちゃうかもしれない。だから、一回で治すのよ」

ナージャの話を聞きながら、必死に涙をこらえ、真剣な面持ちで圧縮詠唱をはじめるエイル。

女神エイルは慈悲の女神である。傷ついた者を癒し、時には死者をすら蘇生させたらしい。

そして呪文が完成した。

「りざれくしょーん!」

うん、なんか、高位の司祭でもないと使えないはずの治癒魔法の名前が聞こえてきた。地面に魔法陣が現れ、瀕死のリスの傷がふさがっていく。

意識を取り戻したリスはエイルの方に駆け寄り、差し出した手を駆け上がって、頬っぺたにすりすりしていた。

「あははは一くすぐったいー」

うん、なんというかあのリス。龍の高密度な魔力を浴びて眷属化してるな。多分並みの冒険者では討伐できないレベルになっている。

あれは癒したというよりも、体を再構築したに等しい。それもよりによって龍の魔力で、だ。

「エイル、もっと簡単な回復魔法は使えるかい？」

「うん、できるよー」

「じゃあ、今度からはそれで治すんだよ」

「えー、だってリスさん死んじゃいそうだったから……」

涙目でウルウルと上目遣いをされて、俺はあっさりと陥落した。

「そうか、じゃあ仕方ないな」

そうして、エイルの頭を撫でていると、エイルがリスに名前を付けようとしている。

「あ、まて！」

遅かった。リンドと名付けられたリスはエイルの眷属となり、もふもふ毛並みと、その回復魔法で仲間を癒す存在となるのだったが、それはまた別のお話。

# 第31話　屠龍の剣

　ある日、シグルド殿下からの使者がやってきたという知らせがあったが、実際にはシグルド本人とヒルダ嬢が、グリフォンに乗ってやってきた。

「で？」

「うむ、準備が整ったのでな。その知らせと、重要な案件ゆえに部下を使うのもはばかられたのだ」

「で？」

「おお、そうだな。迷いの森の状況はあまりよくない」

「……それで？」

「まず、俺の手勢を使って敵をかく乱した。食料なども焼き払ったから少し攻勢は抑えられるだろう」

「わたくしの方でも、ラードーン元子爵領に侵攻してきていた帝国の末端を叩きました。同時に逆侵攻をかけております。これで少しは戦力を分散できているはずですわ」

「なるほど、爺ちゃんの援護をしてくれていたんですね。ありがとうございます」

「それで、だ。龍騎士《おぬし》に対抗するため、帝国は例の竜殺しの装備を身に着けている」

「何か対策はあるのですか？」

「うむ。武器を用意した。これだ」

それは、ひんやりとした気配を漂わせる剣だった。透き通るような剣身は氷のようで、触れただけで斬れそうな輝きを放っている。

「パパ、なんかこわい……」

エイルが少しおびえている。娘を抱き上げるナージャも少しその身を固くしていた。

「この剣はもしや……？」

「ああ、グラムという」

王家に伝わる宝剣で、龍の鱗すら切り裂くと言われていた。自らを害する可能性がある剣を前に、俺は本能的に恐れを抱く。

グラムとは古代語で「怒り」を意味する。鉄を切り裂き、岩をも断つと言われる魔剣だった。

「これは殿下の帯剣では？」

「よい、もともとひいおじい様が国を脅かしたニーズヘッグを討つために入手した剣だという。因縁はあるが、お主ならばその剣の力を引き出せるであろうよ」

俺は剣を手に取った。同じく「怒り」を起源とする力を持つ俺とは相性がいいようだ。俺がグラムの握りを確かめていると、シグルドが俺にこの剣の因縁を語った。

＊＊＊

それは住処を、家族を、理不尽に奪われた一人のドワーフの物語だった。たまたま彼の住む村がニーズヘッグの住処の前にあり、理性を失った黒龍王は人を見れば無差別に皆殺しにし、例外なくその村も焼き払った。

所用でこの村を離れていたドワーフの鍛冶師は、彼が守るべき者がこの世からいなくなっていたことに絶望する。

絶望した彼が手にしたのは、鍛えかけのオリハルコンの剣と、村にいた戦士との戦いの痕跡より手にした黒龍王の爪のかけら。そして、ヤドリギにわずかにくすぶっていた黒い炎――即ち龍のブレスの残滓《ざんし》だった。

彼は剣を砕き、爪と一緒に炉にくべた。龍の爪は並の炎では赤みすら帯びないが、龍自身のブレスの残り火によって、徐々に溶けてゆく。

王の依頼で打たれたオリハルコンの剣。そこに龍の爪が交じり合う。オリハルコンは作り手たる鍛冶師の怨嗟と絶望を吸い取り、怒りに感応した。

七日七晩昼夜を分かたず剣を鍛え続ける鍛冶師。それは八日目の暁に完成した。

怒りの念を吸収した剣は白く輝き、あらゆるブレスを切り裂く。ドラゴンを見ればその血を欲する魔剣となった。

偉大なる龍王の爪の鋭さは、百の竜を切り裂いてなお刃こぼれ一つしなかったという。

その剣は、王の配下にいる最も強い戦士に授けられ、黒き龍王の眷属を葬っていった。眷属を討たれた龍はさらに猛り狂う。血で血を洗う争いは激化していく。

あとは、竜騎士アクセルの武勇譚の通りだ。白き翼たるフレースヴェルグ様の力を授かったアクセルは、白き龍の槍で古傷であった龍の右眼を貫き、ついにはニーズヘッグの心臓をかの魔剣グラムでえぐった。

改めて手に取ると、懐かしい力が感じられた。

俺は目の間に、自分の魔力を使って結界を張る。あらゆる武器を弾き返すと言われた黒き龍王の鱗を模した結界だ。

そして軽く剣を振るうと、一切の抵抗なく結界を切り裂いた。あとには澄んだ音で砕けていく龍の鱗が見える。

「なるほど」

俺が剣の切れ味に納得していると、シグルド殿下がぽかんとしていた。

「っておい、何だその切れ味？」

「え？　この剣ってそういうものでは？」

「私が知るのは、黒龍王戦争で、多くの竜を討った剣ということくらいだ」

「要するに龍の力を扱える者が振るえば、剣が吸った力を使うことができるんです」

「なんだって!?」

どうやら爺ちゃんはこの剣の真価を報告してないな。

まあそもそも龍の力を得ることができる人間なんてこれまでいなかった。二度と現れないと考えても仕方ないだろう。

こうして、俺は爺ちゃんの相棒であった剣を手にすることになった。

これはある種の因縁なのだろうか。神ならぬ身なのでわからない。ただ、龍の力を得た二人目の人間として、何らかの因果があったのだろうと思う。

そのほかの装備品をシグルド殿下から受け取ると、俺たちはフェイに乗って、一路北を目指した。

世界のどこからでも見える天に届かんばかりの巨大な樹——世界樹・ユグドラシルに向かって。

# 第32話　世界樹へ

フェイ自身もいつの間にかレベルアップしていたようだ。ときどき出かけて帰ってこない日もあったので、こっそり修行でもしていたのだろうか？

「主様にお子が生まれるとなれば、わたしも強くならねばと思い……」

「いつから気づいていた？」

ナージャのカミングアウトから産まれるまで一晩だった。ということは、事前に計画でもしていたんだろうなあ。

「ほら、わたし龍ですし」

返答になっているのか、いないのかわからないが、何となく納得した。

丸一日ほど飛んでいるのだが、先に見える世界樹の大きさはまるっきり変わらない。どんだけ距離があるのやら……

「おいしー！」

ナージャとエイルは魔法袋から引っ張り出したパンにかじりついている。

魔法袋はシグルド殿下から借り受けた装備品の一つで、容量は所持者の魔力量に応じたものになるらしい。この中で一番魔力が多いのはナージャだ。

シグルド殿下から袋をもらった時のことだ。彼女が袋を持つと袋の口が光る。その瞬間を目の当たりにしたシグルド殿下は、若干うつろな目をしてつぶやいた。

「あれで一軍の物資を蓄えられるな……」

ちなみに袋が光ったのは、袋自体が最大容量を示しているとのことだった。俺はとりあえず、ひと月分の食料と水、野営道具とかを放り込んだ。

思考を回想から戻すと、ナージャとエイルはすやすやと眠っていた。フェイの毛はモフモフふわふわで、暑いときは涼しく、寒いときは温かい。温度を一定に保つ効果があるという。寝るときにナージャとエイルが左右から抱き着いてくると、とても幸せな気分だった。

＊＊＊

翌朝、一晩中飛んでいたフェイを休ませるために俺たちは、街道を歩くことにした。昨晩で稼いだ距離は、熟練した旅人がひと月歩き通したほどらしい。

「では、休ませていただきます」

フェイは俺の頭の上でクルっと丸くなると寝息を立て始めた。

エイルが俺の身体をよじ登り、首にしがみつきながらフェイを撫でている。

「おつかれさまー」

撫でているエイルの表情は見えないが、ナージャが幸せそうに笑っているということは、エイルの表情もそんな感じなんだろう。

俺たちは世界樹に向かって歩を進める。うっそうとした森の中で、周囲には人の気配はない。

「いいか、エイル。地面の硬さに合わせて足に込める魔力を調整するんだ」

「ほえ？」

「こういうことだ」

十の魔力を込めて踏み込むと地面がえぐれた。そこで、五の魔力で同じことをすると、垂直に飛び上がることができた。

「ほほー。なるほど！」

魔力を放出して推力にする。やっていることはこういうことだ。そこで力を込めすぎると地面が破壊されてしまい、無駄打ちになる。

ナージャは微笑まし気《げ》に親子の交流を見守っていた。

こうして、魔力を足から放出しながらの移動を開始する。たまに出てくる魔物も、こちらの魔力量を見て即座に逃走を図った。

逃げる相手を追って倒すほど時間があるわけでもない。まれに向かってくる相手だけを倒して先を急ぐ。相手の力量もわからずに向かってくるやつは、どうせこの先長くはないだろう。

＊＊＊

こうして昼は足で、夜はフェイに乗って進むこと十日目。森の雰囲気が変わったことを感じた。

「これは……」

「んー、木……というか、森そのものが魔力を帯びてるね」

「だな」

「主様、方向感覚を狂わせる呪いが、薄っすらとかかっています」

「そうとう繊細な魔力を感知できないと、いつの間にか迷うわけか……」

濃密に放たれる魔力に隠されるように、呪詛も混じっている。

呪詛だけを感じ取り、抵抗か解呪しなければ、同じ場所をぐるぐると延々に歩くことになり、いずれ力尽きるだろう。これが迷いの森たる所以《ゆえん》だった。

大地を巡る魔力の流れである地脈を支配し、魔力の噴出口である龍脈を押さえた一本の世界樹が、この広大な迷いの森の支配者であるようだった。

そして漂う魔力はもう一つ厄介な敵を生み出す。

俺は手に魔力を込めて、いきなり枝を伸ばしてきた樹木を叩き切った。

「トレントが混じっているのねえ……」

魔力を吸って成長した古木が意識を持ったものがトレントだ。魔物と動物の違いは魔石を体内に宿しているかだ。魔石が放出する魔力を感知することで、ある程度不意打ちを回避できるが、この迷いの森のような魔力に満たされた場所だと、トレントのような擬態に長けた魔物の感知は難しい。

そもそも魔力感知を長時間行えば、疲労が蓄積されてしまう。

「なかなかに嫌らしい場所だ」

頭上から襲い掛かってきたヒョウような魔物をフェイが爪で真っ二つにする。

「わたしがいる限り主様には爪先一つも届かぬと知れ！」

いやさっきトレントの枝、俺素手で弾き返したよね？

「……爪じゃないので」

まあいいか。

ふと見ると、ナージャが風魔法ですぱすぱとトレントだけを狙い撃ちにしている。

「龍の眼を使えばすぐわかるよ」

「なるほど」

封印が解けたナージャの戦闘能力は大幅に上昇していた。龍の身体能力も無意識にセーブしていたらしい。たまに無意識に解放していたときもあったようだが、その大抵が、俺がやばい目に遭っているときなので、愛の力が封印を吹っ飛ばしていたんだろう。たぶん。

普通というか、かなり腕利きの冒険者でも命を落とすであろう魔境を、俺たちは平地を行くように進んでいく。

枝葉が生い茂って見えないが、天を覆わんばかりに広がる世界樹の息吹を、だんだんと感じられるようになっている。

あの巨大な樹を一つの生物として考えると、この森はその眷属ということなのだろう。深く広く根を張り、その恩恵で広大な森と、無数の生命を養う。

そう考えつつも、襲い来るトレントを両断し、肉食獣のような魔物を叩き伏せる。そういえばと様子を見ると、エイルはフェイの背中の上でお眠だった。

さらにしばらく進むと森が終わり、開けた土地が見えてくる。迷いの森の外縁部を抜けたのだろう。そして、広がる平野には多くの天幕が張られ、炊煙が上がっていた。

「えっと、これって……？」

ナージャが疑問の声を上げる。

「シグルド殿下が言ってた、帝国のエルフ討伐軍だろうね」

俺たちは木々に身を隠し、あたりの様子をうかがった。

陣営の先には、森の奥へ続く道があった。道は獣道を踏み固めて作った程度のものだが、その道を塞ぐようにバリケードが設置されている。

息を潜めて様子を見ていると、唐突に飛んできた火球がバリケードに炸裂し、その一部を吹き飛ばした。

「エルフの襲撃だ！」

帝国陣営はにわかに騒がしくなる。食事を摂っていた兵が武器を手に立ち上がりかけて、飛んできた矢に貫かれ倒れた。

俺は状況を測りかね、しばらく様子見をすることにした。

# 第33話　竜殺したち

「竜殺しを呼べ！」

「はっ！」

討伐軍の真っただ中を伝令の兵が走る。盾を構えているためか、矢が通らない。盾自体もそれなりの素材のようだ。

駆け込んだ天幕から信号筒を取り出し、上空に向けて発射した。ひゅるひゅると音を立て、上空で破裂音が響く。

「アレク、強い魔力の持ち主がいる……」

「ああ、剣が帯びている魔力は……竜のものだ」

竜殺しの隊長格と思《おぼ》しき剣士が、特異な剣を手にしていた。

エイルは少し悲しそうな顔をしている。フェイも表情が硬い。

「パパ、あのね、あの剣、寂しそうなの」

死したドラゴンの思念がまだ残っているとでも言うのだろうか。ドラゴンの心臓は身体から切り離された時点で結晶化する。あの剣はその結晶が組み込まれているのだろう。

エイルは目に涙を浮かべている。殺されたドラゴンの無念を感じ取っているのだろうか？

あの剣は危険だ。下級の竜であっても心臓の持つ魔力は膨大だ。俺はともかく、ナージャとエイルを傷つける可能性がある。

隊長格を先頭に、竜殺したちが戦場に駆け込んできた。エルフの射手の業《わざ》をもってしても、彼らの防具を矢で貫くことは叶わず、森に潜んでいたエルフたちが後退していくのがわかる。

そしてしばらくして、森の奥から……槍を構えた老戦士が現れた。

「ここは通さんぞ」

戦場には似つかわしくない、静かな声音であった。だが、喧噪の中でも不思議と通る声だった。

「おおおおおおおおお！」

槍を手にした帝国兵が突きかかる。構えにスキがない、それだけで普通の部隊なら、部隊長が務まるほどの腕があると分かる。

帝国兵が穂先を一筋に突き込むが、老戦士が槍をひと回ししてはね上げ、がら空きになった帝国兵の首に槍が突き刺さる。

ごぼごぼと血を吐きつつ息絶えた帝国兵の後ろから、さらに盾を持った兵が突進してきたが、盾ごと串刺しにされた。

老戦士の神速の刺突は敵兵を近寄らせず、槍の横薙ぎを繰り出すことで敵兵との距離を保って巧みに立ち回る。

槍の穂先は紅い魔力に覆われていた。あれが龍殺しの槍たるグングニルか？　いや、それにしては感じる力が弱弱しい。おそらく普通の槍に魔力を込めているのだろう。

十を超える兵が倒れると、しびれを切らしたのか、紅い竜の魔力を帯びた剣を手にした隊長格の剣士が前に出る。

「アクセル！　今日こそは貴様を討ち取る！」

「ふん、できるものならやってみるがいい、若造」

老戦士――アクセル爺ちゃんの槍さばきはまさに神技で、突きと払いの組み合わせだけで変幻自在の動きを見せる。

だが、相手の剣士も並ではなかった。剣先をわずかに払うことで突きを無力化し、リーチの差を踏み込みの速さで補う。互いの技量は拮抗し、戦いの様相は千日手となりつつあった。

二人の戦士の戦いを尻目に、戦場に動きがあった。

帝国の弓兵が、森に向かって火矢を放ち始めたのだ。普通ならば、多少火が付いたとしても森は燃えない。生木は燃えにくいのだ。だが、魔法の炎なら話は別だ。

爺ちゃんの顔色がわずかに曇る。炎で退路を断たれてしまうからだ。

「ナージャ」

呼びかけると彼女は無言でうなずいた。

「フェイ、エイルをたのむ」

「わかりました、主様、ご武運を」

「エイル、フェイの背中に乗っていなさい」

「あいー。パパ、がんばってー」

愛娘の笑みに、ここが戦場であることを忘れかけたが、合図とばかりに俺は魔力を解放した。

「うおああああああああああああああああ！！！」

雄たけびを上げ、敵陣営に突進する。

「なんだ!?」

「敵襲！」

「弓兵！」

「ぐわっ！」

最後の悲鳴は、俺に斬り伏せられた敵兵のものだ。

魔剣グラムを振るい、縦横無尽に敵兵を切り払う。

竜の皮で作られた胴鎧であっても薄紙を裂くように両断され、鱗を貼り付けた盾は、持つ腕ごと断ち切った。

技も何もない、俺は圧倒的な膂力《りょりょく》と、武器の破壊力に任せて暴れ狂う。

阿鼻叫喚となった兵の悲鳴は、降り注ぐ魔力弾にかき消される。

ナージャが、上空からエナジーボルトを極大化して乱射していた。

「多重起動・降り注げ、驟雨《しゅうう》の如く……エナジーボルト・スコール！」

ナージャの周囲には魔力で作られた球が浮かぶ。その一つ一つに魔法使い数人分の魔力が込められていた。

そこから魔力弾が雨あられのように降り注ぎ、兵たちを貫いてゆく。

竜の防具を身に着けている兵であっても、一撃は耐えても、次々と降り注ぐ魔力弾に寸刻みにされ、かえって苦しむことになった。

次々と倒れ、起き上がることのない兵を見て、竜殺しの隊長格が悲鳴のような声を上げる。

「なんだと!?」

帝国が誇る竜殺し部隊が、たった二人に蹂躙されている。その事実に驚愕しているようだった。

「なん……だと？」

同音異句で爺ちゃんがつぶやいた。

一瞬、目が潤みかけたが、鋼のような精神力で意識を取り戻し、自失している隊長格に向け槍を突き出す。

キーンと澄んだ音を立てて、穂先は弾かれた。だが、劣勢になって余裕を失った隊長格の剣さばきに冴えがない。

次々と繰り出される爺ちゃんの刺突に追い込まれて行くように思えたが、戦いの均衡は一つのきっかけで崩れた。もっともまずい場面で――

カシャーンとガラスが割れるような音を立てて、爺ちゃんの槍の穂先が欠けた。

「ぬう!?」

同時に槍を覆っていた魔力の輝きが消える。こうなってしまうと、竜の力を帯びた剣に太刀打ちできるわけがない。

「不覚……」

「もらった！」

爺ちゃんは肩口から胴の半ばまでを切り裂かれ、血だまりの中に倒れ込んだ。

怒りに目の前が赤く染まる。

俺は目の前の敵兵を両断すると、グラムを振りかざして隊長格に斬りかかる。

「ぐぬっ!?」

俺の振り下ろした剣を、やつは余裕をもって受け止めた……はずだった。並の剣であれば打ち込まれたところで逆にへし折れるだろう。

だが目の前の俺の剣は鍔迫り合いをするに従って、隊長格の剣に徐々に食い込んでゆく。

「なんだと!?」

武器の性能、扱う者のステータスの両方で圧倒される経験がなかったのだろう。隊長格は鍔迫り合いを外したあと、数合打ち合い、その剣ごと真っ二つに斬られ、倒れた。

俺がすぐさま爺ちゃんを探すと……そこにはエイルを抱き上げて顔面が笑み崩れている、英雄アクセルの姿があった。

# 第34話　再会

「お爺ちゃん、おひげ痛いよー」

さっきまでキリリと吊り上がっていた爺ちゃんの目尻が急下降していた。頬の筋肉は緩み切りなんというか、見る影もない。

「そうか、エイルというのか。可愛いのう。可愛いのう！」

十年ぶりに見た祖父の顔は、記憶通りだったが、厳しい表情を浮かべていたはずのその面差しは、いろいろと崩壊していた。

感動的な再会の場面のはずなのだが、爺ちゃんはデレデレになっているし、エイルが気の抜けた声を上げている。

フェイは……油断なく周囲を警戒していた。さすが我が眷属。

「主殿。あとでブラッシングを所望します」

うむ、お前が頼りだよ。ブラッシングくらいお安い御用だ。

「アクセルおじいちゃん……」

「……ナージャか？」

「ええ、ナージャです」

そして、ナージャに続いて俺も爺ちゃんの前に進み出た。

「爺ちゃん、久しぶり……」

「アレクか、大きくなったな」

「うん、約束通りナージャを守ってるよ。けどね……俺……」

「言わずともわかる。その魔力、身に覚えがある。しかし孫が人間やめたとなるとちと忸怩《じくじ》たるものがあるのう」

「……俺が一番大事なのはナージャとエイルを守ることだ」

「アレク……」

「ふむ、まあよい。お主らがおらんかったら今頃、わしはここで倒れ、防衛線も破られていたであろうからな」

「爺ちゃん……」

「ふふふ、身体はでっかくなっても変わらんなあ……で、ついにナージャに手を出したか」

「手を出したって……間違ってはないけど」

「ふふふ、こんな美人に育って、お前のことを好きだって迫られたら、なあ」

「う、うん。けど俺はナージャが美人だから好きなんじゃなくて、ナージャだから好きで、嫁さんになってもらっただけだ」

「うふふ、にゅふふふふふう」

うん、ナージャがトリップを始めた。

「ママ……早めに帰ってきてね」

エイルも対応が手なれている。なんだかなあ。

＊＊＊

一段落してから俺は、これまでのことを改めて爺ちゃんに話した。ニーズヘッグから力をもらったこと。村が襲われてその時に力に目覚めたことなどだ。

爺ちゃんからも現在の戦況についての話があった。爺ちゃんの話では、数年に一度、世界樹の封印が緩む日があり、その日に封印の儀式を執り行う予定とのことだった
帝国もその事情を感知していて、それまでにニーズヘッグの心臓を奪うべく攻撃が激化しているそうだ。

「やつらの狙いはニーズヘッグの心臓であろうなあ。とはいえども、帝国の四天王の一人は、そこで真っ二つになって転がっておるがのう」

「だよね、竜を倒したわけだから、相当な実力があると」

「こやつの剣に埋め込まれていた竜の心臓はかなりのものでな。いや全く苦戦させられたわい」

「というか爺ちゃん。あれ致命傷だったよね？　エイルの治癒魔法が常識外れじゃなかったら……」

「ん、ああ、エイルの魔法のお陰だが、最悪これがあるからのう」

爺ちゃんはがばっと口を開いた。奥歯に丸薬が埋め込まれている。

「それって……エルフの秘薬？」

「ほう、ナージャは物知りじゃな」

秘薬が仕込んであったらしい。かみ砕けばその効力で傷は癒える。

爺ちゃんの話だと、死ぬほどのダメージを受けたのも実は一度や二度ではないらしかった。

今回はエイルの魔法で回復したので使わずに済んだらしい。

そうこうしているうちにエルフたちが戻ってきた。爺ちゃんのそばに強大な魔力の持ち主を多数感じたため、慌てて戻ってきたらしい。

例えば、爺ちゃんが強大な魔力の持つ敵に囲まれていたなら、下手すれば戦闘になるかもしれない。だがその危険を顧みず救援に来てくれたので、俺はエルフたちと話しあうことができると思った。

エルフといえば、人間を見下してまともに会話が成立しないことで有名だからなあ。たまに変わり者のエルフがいて、人間の町などにやってくるが、たいていはトラブルを起こすらしい。

もっともエルフがそうなった事情もあった。

エルフは見目麗しく、弓の名手である。さらに精霊魔法の遣い手も多い。このためエルフを奴隷にする人間が多かった。主に非合法な手段で、だ。

弓を背にしたエルフの青年が駆け寄ってきた。爺ちゃんが無事なのを見て、俺たちをとりあえず味方と判断したのだろう。

彼らはおそろいの緑の帽子をかぶっている。後に聞いた話では、その帽子は世界樹の葉っぱの繊維をほぐして、糸にしたものを編んだ布でできているそうだ。森の加護によって魔力を増幅してくれるほか、糸に魔力を通しており金属よりも強度が上がるとか。

＊＊＊

「アクセル殿。ご無事でしたか……」

「おう、今日も何とか命を拾ったわい。すまんのう」

「いえ、貴殿がいなければ、我らは何度全滅しているやら……」

「とりあえずお前らも、今日は村に泊まるがいい」

そう言って爺ちゃんは、エルフたちを引き連れて歩き出した。森の奥へ向かうようだ。

その間エルフたちは一言も話さない。無駄を嫌うという種族性は本当だな。

「俺、爺ちゃんを連れ戻しに来たんだけど……」

「ふむ、その心根は嬉しいがな。問題が解決せぬ限りわしは動かんぞ？」

「問題の一つは、多分解決できる。俺がその力を預かる」

「……無傷の左眼を取り込んでも、そなたは人としての姿と心を保っておるな」

「ああ、ねじ伏せた」

ぽかんとした爺ちゃんは、少したってから喉の奥から絞り出すように言葉を発した。

「……なんじゃと？」

「飲み込まれそうになったけどね、俺がいなくなったら誰がナージャを守るんだ、と思ったらね」

「くくく、お前も言うようになったのう。……わしのせいか？」

「ナージャを守るってこと？　俺がやりたいからやってる。ナージャに何かあったら……」

ナージャのことになると俺は理性が若干きかなくなる。今も魔力が漏れ出しているようで、周囲のエルフが怯えて、足取りが怪しくなっている。

「あまり驚かすなアレク。フレースヴェルグ様の加護を受けたわしでもきついぞ……まったく、ニーズヘッグめ、孫をこんなふうにするとは」

何やらブツブツ言っているが、その姿がまるで古い友人と笑顔で口喧嘩をしているように見えた。

爺ちゃんが持っていたニーズヘッグの心臓だった結晶は、ナージャに預けられた。

今までその汚染された魔力を爺ちゃんが抑え込んでいたそうだが、覚醒したナージャが持つと初めて落ち着いた。であれば、爺ちゃんが無理に封印する必要はないんじゃないかな？　と少し希望を持つことができた。

などと考えているうちに、俺たちはエルフの隠れ里にたどり着いたのだった。

# 第35話　エルフの村にて

エルフの村は森の奥にあった。入口も偽装されており、認識障害の結界もかかっている。

爺ちゃんが手をかざすと、草むらがいきなり開いて道が現れた、ように見えるのだろうが、龍の加護があって、第三の眼を使える俺には、残念ながら効かない。

俺の視線からそれを感じ取ったのだろう。爺ちゃんが苦笑いを浮かべる。

「第三の眼、じゃな？」

「ああ、視覚を遮る結界は俺には効かない」

「ふふ、お前が味方でよかったわい」

そのやり取りを聞いたエルフの一人が身震いしている。認識を惑わし、敵の不意を突くのがエルフの本来の戦い方だからだ。

そんな話をしながら俺は、今日の戦いを振り返ったが、実際かなり危なかった。

敵の視界の外から攻撃するのがエルフの戦い方らしいが、結局爺ちゃん一人が孤立したところに、敵の切り札がぶつけられ、さらには退路を断たれかけた。

イレギュラー要素である俺たちがいなければ……爺ちゃんは戦死していた可能性が高い。

俺は爺ちゃんに大丈夫かと問いかける意味で視線を向けた。

「実はだな、彼の剣士は竜殺し四天王の中でも一番の小者よ」

なぜかドヤ顔で語り始めた

「まだ三人もいるのか……」

「うむ、というかじゃな、次の戦いには残り三人が一気に投入されるじゃろうな」

「あれよりも強い？」

「ふむ、まあのう。わしも一対一ならともかく、束になってこられたら厄介だな。わしは常にニーズヘッグの魔力を抑えるのに力を割いているからのう」

爺ちゃんはにやりと笑っている。

それは、言外に抑えられていた力を開放できるから心配するなということだろう。そして、その表情を見てエルフたちの表情も明るくなった。

「前衛は俺がやる。爺ちゃんは遊撃で。ナージャが後方から支援して、エイルが回復」

「まて、なんでエイルちゃんが普通にメンバーに入っておる!?」

「いや、そのエイルの魔法で命が助かったよね？」

「それはそれ、これはこれ。こんなかわいい子を戦場に立たせるとかお前は鬼か！」

「いや、龍族だからね？　普通に身体能力は爺ちゃんより強いからね？」

「ぐぬ！　であってもこのような幼い子を……まて、この子はいくつじゃ？」

「えーっと……そろそろ一か月？」

振り向いてナージャに確認すると、「そうだね」と返答があった。

爺ちゃんとエルフたちはもう絶句である。龍という生き物の非常識さに、俺はもう慣れた。

ちなみにフェイは黒龍王戦争の後の生まれであるらしい。

＊＊＊

とかなんとか言っているうちに、村についた。

一見、俺たちは人間だが、内包する魔力は人間の域を超えている。そのため五体投地しているエルフもいて、歓迎というか、出迎えの様相はかなり混沌としていた。

「アクセル殿、ご無事で何より……？」

爺ちゃんの鎧には胴をばっさりと薙ぎ払われた跡があるのに、爺ちゃん自体は無傷だった。そこにエルフは違和感を抱いたのだろう。

「うむ、ちと危なかったな。だが、わしの孫たちに救われたのだ」

「おお、この方々はアクセル殿の身内の方か！　人ではないようですが」

さっくりと本音で話している。この人たちと爺ちゃんの関係が見てとれた。

「ああ、まず、これはアレク。孫じゃ」

「しばし待たれよ……その魔力の波動には覚えがある。ま、まさか……？」

「ああ、アレクはニーズヘッグの眼を取り込み、それを我が物としている」

声にならない悲鳴が場を満たした。そもそも竜の力は人の身には過ぎた力だ。竜素材の装備品ですらその魔力に負けてしまうと、正気を失ったり、場合によってはそのまま精神が死に至ってしまう。

だが俺は黒龍王・ニーズヘッグの眼を受け入れ、その力をねじ伏せ、使いこなしている。その事実がエルフたちに徐々に浸透し、彼らは喜色をあらわにした。

「宴じゃああああああああああああああああ！」

長老っぽいエルフが叫び、わっと周囲のエルフたちが沸き立つ。どんちゃん騒ぎはそのまま夜更けまで続くのだった。

# 第36話　帝国の反撃

帝国軍との戦闘の翌日、俺は帝国軍陣地をガッツリ破壊しておいた。

帝国が、再び拠点を構築するためには相当の人員と資材を要するはずだが、エルフの攻撃を防ぎつつの作業は困難を極めるだろう。破壊した俺たちがいることも、相当の抑止力になっている。などとしばらくのんきに構えていたが……状況は一変した。

帝国軍の大部隊が迷いの森に侵攻してきて、後方支援の人員も入れると、千名を超える兵力が投入されたとのことだった。

これは、フェイが定期的に周囲を上空から偵察してくれていたため判明した。

「おそらく竜殺し部隊が、総力を挙げているものと思われますな」

「ふむ。しかし、四天王の残りの三人が死力を振り絞ったとしても、アレクに毛筋一つの傷もつけられんぞ？」

「そうなの？」

「ああ、四天王は、わしと同程度の腕だからな。今のアレクならば、わしが十人おっても敵わぬであろうよ」

人類最強とされる竜騎士アクセルと同程度の腕の兵を三人抱える帝国もすげえなと思いつつ、話を聞く。

「戦闘員は五〇〇ほどだが、先日まで駐屯していた兵力が一〇〇ほどであったことを考えると、総攻撃といっても差し支えなさそうじゃな」

ちなみにエルフの村の人口は五〇〇ほどで、白兵戦に耐えうるのは三〇人ほど、弓兵として戦えるのは二〇〇名ほどだ。女性は基本的に戦場には立たない。森の魔力を転化した治癒魔法を使えるので、女性は後方支援を担っている。

エルフに地の利はあるが、正面の戦力差は倍。エルフたちだけだったら、損害を考えない帝国軍の総攻撃を受ければひとたまりもないだろう。

しかし、エルフたちに絶望感はない。それほどまでに俺たちの力を信じているのだろう。

「我らにはニーズヘッグの一族がついている。皆の者！　森と、世界樹を守るのじゃ！」

長老の檄にエルフたちは雄たけびで応えた。

エルフたちの言い伝えでは、世界樹を傷つければ、守護者が現れ、世界を滅ぼすとのことだった。それを迷信だと笑うのは簡単だが、俺の龍の感覚は世界樹の根元に強大な力が眠っていることを感じ取っていた。それこそ、龍王ですら及ばないほどの力だ。

あれほどの力を持つ者が目覚めれば、予想できないほどの被害が出るだろう。

「聞いてくれ。この地には言い伝え通り世界樹の守護者らしき存在がある」

俺の唐突な言葉に場がざわめいた。そのざわめきを無視して俺は言葉を継ぐ。

「ものすごく強大な存在だ。龍王すら及ばないほどの。だからそれを刺激したくない」

「どういうことじゃ、アレク」

「全力を振るえばすぐにでも帝国軍を全滅できるけど、守護者が目覚めてしまうかもしれない。だから、力を抑えて戦ってほしい」

「……仕方あるまい。皆もそれでよいか？」

若干不満げな者もいたが、龍王を超える存在というと、龍神しか考えられない。そんなものが目覚めればどういうことになるのか誰も想像がつかなかった。それは無論、俺もだ。

ちなみに、最初の戦いは奇襲のため力をそれほど使っていなかった。だからその時と同じくらいを目安に戦うことになるだろう。そのことを俺がみんなに伝えると、抑えた力で敵軍をほぼ壊滅させたことを知り、エルフたちは再び士気を上げた。

そのとき偵察に出たエルフの弓兵が状況を報告してきた。

帝国軍は、大盾を持った兵が前面に並んでいるため、隙間を狙って矢を射込めても効かず、そのままじわじわと押し込まれてしまう可能性が高いとのことだった。敵兵の大盾は竜の鱗を使っており、魔法攻撃も防ぐとのことだ。無論普通の矢も通らない。

大盾部隊を盾にした背後で、拠点の修復を着々と進めているとのことだった。この場所に大兵力が駐留できてしまうと、エルフたちのじり貧が再び加速するだろう。

俺は爺ちゃんと共に出撃の準備を整えた。

## 第37話　力押しこそ正義

エルフの村に続く道は、細い獣道のようなものだが、敵はそこを半円状のバリケードを築いて塞いでいた。

さらに大盾を持たせた兵を配備し、交代で防備陣を敷いている。試しとばかりに矢を射込んでみるが、大盾の表面すら傷付けずに弾き返された。

「やはり竜の鱗を貼り付けてますね」

偵察に出ていたエルフが報告してくる。矢を射込むように提案したのは爺ちゃんだが、これは実際の攻撃のとき、効果がどの程度のあるかわからないと、作戦を立てられないからだ。

盾兵の武装はハードレザーの軽装だ。大盾自体がそれなりの重量になっているので、軽装でないと長時間の任務は難しいのだろう。

「さて、どうしたものかの」

爺ちゃんの表情は晴れない。敵は物量で圧倒して、さらに装備も整えている。これでは指揮官が無能でなければ打つ手がない。

いや、なくはない。俺が斬り込み、ナージャが広範囲魔法で攻撃を仕掛ける。これで大体いけるだろう。

問題は守護者を刺激しない程度の力が、実際には読めないことだ。前回の戦闘で眠りが浅くなっていることもあり、同じ力で戦っても目覚めてしまうかもしれない。万が一目覚めてしまったら、そのあとのことが全く想像つかない。

あれ？　これって詰んでないか？

「半円状のバリケードに邪魔されて、突っこんだら袋叩きか。なかなかに嫌らしい陣形じゃ」

「飛び道具も効果が薄いとなると……うーん」

「竜の鱗には魔法も効果が薄いですしね」

うん、今まで俺が想定した結果を改めて口に出している。こういう情報共有って意外と大事だ。思い込みで動くとまずろくなことがない。

「……アレクよ。すまん、何とかしてくれ」

爺ちゃんは早々にさじを投げた。俺でもそうしたいな。

「わかった、何とかしてみる」

「後ろは任せて！」

ナージャが手をぎゅっと握りしめ、気合を入れてくれた。なんかいけそうな気がするあたり俺も単純だ。

「ああ、出る！」

拳を突き出し親指を立ててみせた。古来から伝わる幸運を祈るおまじないだ。互いにおまじないを交わし魔力を解放する。

どうせさっきから矢を射込んだり攻撃魔法を打ち込んだりしているのだ。今更、奇襲は意味がない。

「うおおおおおおお！！！」

雄たけびを上げる。ただの大声ではなく、これに魔力をのせることで、味方を鼓舞し、敵を威嚇する。

陣形の中央にいる敵兵目掛け、後方から投げ槍が飛んできた。紅い魔力をまとった穂先が竜の大盾を貫き、敵兵を倒す。爺ちゃんのドヤ顔が浮かぶようだ。

「まだまだ先陣は譲らんぞ！」

後ろから届いた大声に少し力づけられた。

大盾の強度をよく知り、それを頼りにしていた敵兵に動揺が走る。その一瞬を見逃さずに、俺は距離を詰める。

「グラム！」

剣の銘を口に出し、同時に魔力を走らせる。幾多の竜の血を吸いあげた魔剣は、竜の身体を感知したのか、細かい振動を始める。

「スラッシュ！」

剣技の基本技、横薙ぎの斬撃を放つと、複数の盾兵が体を上下に分割され息絶える。

大盾の後ろから手槍を突き出してくるが、そんなものに当たってやる義理はない。俺は難なくかわして離脱する。

「うわあああああああああああああ！！！」

「ぎゃああああああ！」

「ひるむな！」

「クソ、クソ！」

「死ね！」

怒号と悲鳴が交錯し、すでに十を超える死体が散乱した。それでも盾兵は互いの間を埋め、隊列を崩さない。

「重複詠唱《スペルキャストカルテット》四重奏エナジーボルト！」

背後にいるナージャが、空から魔法の矢を降らせたが大盾に弾かれてしまった。

その様子を見たナージャは、魔法の矢を四本束ねた。威力を単純に上げるだけでなく、回転させることで貫通力も底上げするためだ。

狙われた兵は少しは心得があって、魔力を大盾に流して抵抗を試みたが……キーンと澄んだ音と共に大盾は砕かれ、跡形も残さず爆散する。その姿を見て敵軍に動揺が走った。

盾兵を蹴散らしたあたりで、後ろからエルフの弓兵たちが山なりに矢を放った。敵の陣形が乱れたために、防御力が低下しており、大盾の隙間をかいくぐって敵兵を射抜く。

さらに頭上から降り注ぐ格好になったことで、後方の弓兵もバタバタと倒れて行く。

「いまじゃ！　わしに続け！」

敵兵が算を乱している頃合いで、爺ちゃんとエルフの戦士たちが突撃を始める。

「えーっと……しろきつばさよー、なんじがいとし……ごを？　まもりたまえー！　やーっ！」

なんかたどたどしい呪文と急速に集約される魔力。エイルが指先を戦士たちに向けると、魔力が彼らを覆った。

エイルのかけた魔法は敵の矢を防ぎ、槍の穂先を弾いた。さらに武器を覆い、簡易ながら龍の力を付与している。

ちなみに、エイルの周辺にはエルフの女性たちが完全武装で守っているし、フェイは手綱をつけられ、背にエイルを乗せている。

いや、エイルの力ってフェイも含めてあんたらが束になった以上なんですけどね？　まあ、ありがたいけどさ。キッとまなじりを上げたエルフの女戦士たちはその見た目と相まって伝説で言うヴァルキュリアのようだった。

うん、普通に戦えば苦戦間違いないけど、龍が三人もいれば……鎧袖一触《がいしゅういっしょく》ってやつだな。

と思いながら俺が、なんかちょっとよさげな装備に身を包んだ戦士を唐竹割りに真っ二つにすると、敵はついに潰走《かいそう》した。

「隊長がやられた！」

「竜殺しが一撃とかなんなんだ!?」

「エルフの守護者は化け物か!?」

別にエルフの守護者になった覚えはないんだけど、立場上はそうなんだろうなあ。などと逃げて行く敵兵を見ていると……背後に凄まじい力の流れを感じた。

それは世界樹の方角からだった。

## 第38話　新たなる力

世界樹を中心にして、文字通り世界が震えた。ゴゴゴゴと地響きが起き、逃げ惑う帝国兵は地面にへたり込んでいる。

「ナージャ！　エイルを！」

フェイが素早く飛び上がり、地割れを避けた。しかし、上空は風が吹き荒れているという。

「主様！　わたしでも飛べません！」

「なんだと!?」

フレースヴェルグ様の一族であるフェイが操れない風とは一体何なんだろうか……というあたりで、雨が降り始めた。

エルフたちも揺れる地面をもんどりうって移動し、何とかひと固まりになっていた。

その直後、唐突に地面が盛り上がる。

そのまま大きな土のドームができたと思うと、突然割れた。その中から出てきたのは巨大な四足歩行の獣だ。

獣が恐ろしいほどの力を秘めているのがわかる。力強い四肢に、逆立つ毛に覆われた身体。しかし、そのまなざしは不思議と知性を感じさせた。

さらに、降り注いだ雨が水たまりを作ると、水たまりの中から巨大な蛇が現れた。

天まで続くかと思われる長大な体はとぐろを巻き、ミスリルのような深いブルーの鱗が水に濡れて、鈍く輝く。鎌首をもたげた頭の位置は、森の木の上にあるようだ。

そこにつむじ風がおこり、翼の生えたトカゲが現れた。一番小さな体をしているが、秘めた力はほかの二体の龍に優るとも劣らない。

(お、おおお……)

脳裏にお義父さんの声が響く、というか絶句していた。

「お義父さん、あれってまさか……?」

(うむ、ベフィモスに、レヴィアタンに、リンドブルム、だな)

「……いや待って、それって伝説の存在じゃ? 少なくともここ千年は目撃されてないでしょ?」

(うむ、我ら次代の龍王に引き継いだ後は眠りについているはず……だったんだが、なあ)

「千年の眠りから覚めたって、スケールがでかすぎる……」

「新たなる龍王よ。第三世代の誕生をここに祝福しよう」

「龍王の血を引く新たなる系譜よ。大いなる力を秘めし、その命の輝きよ」

「我ら大地を」

「空を」

「海を統べるもの」

「「「三龍王なり」」」

なんかわざわざ声を合わせて宣言してきた。練習とかしてた……っぽいな。どことなくウミヘビ――じゃなくレヴィアタン様が微妙にドヤ顔をしている気がする。

……なるほど。これほどの存在が三体もいれば龍神に匹敵する力を持つかもしれない。

「む、貴様ら何を固まっている？」

巨大な龍がしゃべる姿に、帝国兵たちはおびえ切って固まっていた。あれ下手するとショック死するんじゃないかな。

「古き龍王よ、我が名はアクセル。フレースヴェルグ様の加護を得たものなり」

アクセル爺ちゃんが名乗りを上げた。すげえ、あのとんでもない連中に真っ向から声をかけるとか……ってよく見ると足が震えてるな。いや、仕方ないよね。俺も怖いし。

「名乗りを許す。矮小なる者よ。して、何を我らに告げる？」

「はっ、恐悦至極にございまする」

うん、爺ちゃん口調がおかしい。けれど、俺が口出ししてもあれなんで、とりあえず見守ることにした。無論ナージャとエイルはガッツリ後ろにかばっている。

「まず、我らは矮小にして、皆様の威に打たれております。少し、その威を和らげていただくことはできますまいか？」

冷や汗をかきながら、爺ちゃんがまくしたてる。

「む、左様か。人というのは不便よのう……」

そう、リンドブルム様がつぶやくと、三体の龍はふっとかき消すように消えた。

するとそこには、人の姿になった三龍がいた。

妖艶な笑みを浮かべ、ブルーのドレスを身にまとったレヴィアタン様。

あのごつい四肢はどこに行った？　すらっとした細身の青年に姿を変えたベフィモス様。

さらに、なぜか少年になったリンドブルム様。

龍の状態に比べれば威圧感は減った。けれど、俺が魔剣グラムで全力で斬りつけてもかすり傷がいいところぐらいに力の差があった。

「む？　貴様、面白いことになっておるな」

唐突にベフィモス様が俺の方を向く。

「ほう……というか、黒龍め、あれほど感情に身を任せすぎるなと言うておいたのにな」

レヴィアタン様がくつくつと含み笑いを漏らす。

「はは、あれは人間の健闘をほめるべきだと思うなー」

なぜか機嫌よく笑っているリンドブルム様。

「まあ、よい。一応我らが兄弟には違いない故な。これきりじゃぞ？」

ベフィモス様が俺に手をかざす。俺の中にあった何かが引きずり出されようとしていた。

力が抜けてゆく。同時にグラムから龍の力が消えていく。……俺はただの人間に戻っていた。

引きずり出された力はナージャの手元の宝玉に集まり、一瞬輝くと……そこには黒い服を身にまとった壮年の男性がいる。

両眼と心臓をそろえて、その体を再構築した、ということか。無茶苦茶だ。

「は？　我どうなったの？　え？　身体が……ある？」

「お父様！」

ナージャが目の前の男性……すなわちニーズヘッグに飛びついた。

「お、おお、ナージャよ、お前なのか。我が娘よ……」

「ふむ、これでよかろう。一度討たれたことによって憤怒の呪いも解けているようだしな……しかしあれじゃ。貴様、無茶をしよったな」

三体のドラゴンが俺に向けて意味ありげな視線を向けてきた。

「え、えーっと……心当たりがありますが、やっぱり？」

三者三様の表情を浮かべて俺の方に視線を向ける。

「ふん、人の身で龍王の眼を受け入れるとか、とんでもないことをするわ」

「そう言うなって。好きな女を守るためとかかっこいいじゃん！」

「ふふ、わらわもそのように想ってくれる相手がいれば、のう？」

レヴィアタン様、俺にはナージャという嫁がいます。ごめんなさい。

「ふむ、そうか。こんな人間もいるもんなんだなあ……」

「だね、魂の器の容量に限界が見えないとか、すごいねー」

「なれば、ニーズヘッグの力を引き抜いた分、我らが新たな力を授けようではないか」

なんか俺を置き去りにいきなり話が進んで行っている。

「は？　え？　ちょ!?」

彼らは俺に向け、手をかざした。

「俺からは爪を贈ろう。ちょうどいい依り代があるな。グラムか、いい剣だ」

ベフィモス様は剣を手に取ると刃部分に爪を押し当てた。キンッと音が響き、その爪が断ち割られている。

同時にグラムがこれまで以上に恐ろしい魔力を帯びていた。

「わらわはこの鱗を与えようぞ。深海の重みにも耐えうる強固な守りを汝に授ける」

レヴィアタン様は俺の胸に掌を押し当ててきた。なんかワキワキと動いている。そして、何か冷たい力が俺の中に押し込まれた。身震いをするとその冷たさは感じなくなったが、自分の纏う魔力がニーズヘッグの力を得ていたとき以上になったことを感じる。

「ふふ、ボクはこの翼だね。って配下にフレースヴェルグの一族がいるのか。なら、その子にも力を分け与えようかな」

背中に当てられた掌を通じて力が流し込まれた。眷属であるフェイにも、その魔力の経路を通じて力が流し込まれる。

俺の魔力は天井知らずに上がっており、眷属たるフェイもニーズヘッグとほぼ同格の力を持つに至った。

「ふわ、なんか熱い……あっーーーー！」

フェイが少年の姿になっていた。急激なレベルアップで、自分の力を制御できていないようだ。

三人の龍王はズビシッとサムズアップしつつイイ笑顔で宣言してきた。

「「「新たなる龍王に誉れあれ！」」」

なんか改めてとんでもないことになったらしい。というあたりで、拡張された俺の感覚が上空から降りてくる騎獣とその主の姿を捕らえていたのだった。

# 第39話　大変なことになっているようです

「大変ですわあああああああああぁぁぁぁ!!」

頭上からグリフォンに乗って落下してきたのは、例によってヒルダ嬢だった。

「アレクさん！　アレクさんたちが出てからすぐ、帝国は皇帝が自ら軍を率いて、ティル方面に進軍！　数は二万の大軍ですわ！　当家の手勢は一五〇〇ほどで、寄り子たちからも裏切り者が出る始末。このままでは……」

「北方の領土の放棄は免れない？」

「ですわ……」

グリフォンの翼は飛ぶことができる騎獣の中でも最速クラスだ。であってもここにたどり着くまでには相応の日数がかかっているはず。事態は急を告げていた。

「ここまでどのくらいかかりましたか？」

「おそらく七日ほど……疲労回復のポーションを使って強行したのですわ」

よく見るとヒルダ嬢の顔には疲労が色濃く刻まれ、グリフォンも地面にへたり込んでいた。であればすでに戦端が開かれている可能性すらある。

俺は相談するために爺ちゃんの方を向いた。

場の雰囲気にエイルが少しおびえているようだ。そんなエイルを三龍があやそうとしてナージャに撃退されていた。

「俺たちは千年も封印されてたんだがな、新たな龍が生まれた気配を感じてな」

「それで出てきたんですか？」

「ああ、あのエイルちゃん、すげえな。魔法の才能が群を抜いている。龍の中でも天才って言っていいくらいだ」

「俺の娘ですから」

「あの子はすでに龍王の器だ。だがな、まだ心が育ってない。それは……」

「俺の役目ですね？」

「そうだな……そうそう、説明してなかったな。お前には……俺たち三人の力を約半分ずつつぎ込んだ」

「……はい？」

なんかすごく重要なことの説明がすっ飛ばされていたようだ。

「俺たちの力、そうだな、わかりやすく言うと一〇〇とするじゃないか」

「ええ」

「うち五〇をお前につぎ込んだ」

「はあ」

「ということは、お前の力は一五〇だ。で、俺らは五〇な」

「……え？」

「アレク、この世界のことはお前に任せた」

「……はい？」

いろいろと聞き捨てならないことを言われ、俺の意識はオーバーフローした。

# 第40話　なし崩しって恐ろしいよね

否応なく理解してしまった。

彼らからはこれまでのような威圧感を感じない。力を分け与えられたことによって、彼らの力が減った分、自分の力が増大し、それ以上の存在となってしまったということなのだろう。

思考が追いつかないが、今は危機が迫る故郷を救うことを考えよう。

ヒルダ嬢が属するレンオアム公爵の軍が破られれば、故郷は帝国に蹂躙される。

ヒルダ嬢の話では、ゴンザレスさんたちが義勇兵としてレンオアム公爵軍に加わっているとのことだった。敗北すれば彼らもまた生きてはいないだろう。

いろいろと頭が付いてこないこともあって、俺は髪をガシガシとかきむしる。いずれにしても、間違いなく事態は急を要するということだ。

俺はフェイに乗って先行しようと考えた。

「ふぇえええええ、主様、わたしどうなってしまったんですかああああああ!?」

そういえば忘れていたが、こいつ人型になっていた。パニック状態のフェイにナージャが助け舟を出した。

「フェイ、あなたの本質を思い出すの。空を駆けるあの姿を。はやく戻りなさいモフモフ！」

ナージャの言葉は前半はよいと思うんだが、後半は欲望駄々漏れだ。

いまだフェイのパニックは収まらない。するとリンドブルムがフェイの力をコントロールして、姿を戻してくれた。

ボムッと音を立ててフェイは元の姿に戻った。モフモフの毛並みもそのままだ。しかし、動揺からまだ立ち直っていない。

「いっそボクが運ぼうか？」

「へ？」

フェイに乗ろうした俺に、リンドブルムがさらっと提案してきた。たしかに騎獣状態のフェイでも五人くらいが限界だ。ヒルダ嬢はグリフォンに乗ってもらうとしても、とりあえず爺ちゃんまでだなーとか考えていた矢先だ。

「いやだなあ。アレクはもうボクたちの主なんだから、遠慮はいらないよ」

にっこりととんでもないことを言いだす。いつの間に……って力の譲渡のときか。眷属化してつながりができていることを感じる。

「おーい、ベフィモス。みんなが乗れる程度の乗り物作ってよ」

「む？　……これでいいか？」

ズダンと足踏みをすると、大地が切り取られその姿を変える。その形はいうなれば石の箱舟。エルフたちを含めて全員が乗っても余裕があるほどの大きさだ。

「おっけー。んじゃ行くよー！」

エルフたちもあまりの事態に固まっているが、爺ちゃんが檄を飛ばすと、再起動し、負傷者の治療をはじめ、武器の点検や整備など、帝国軍との決戦の準備を急いだ。エイルの護衛を買って出た女性たちも世界樹の枝から削りだした杖を装備していた。

「ナージャ様から高位の魔法を教わっております」

誇らしげに彼女らは宣言し、前線には出ないが後方支援は任せろと告げてきた。

「森は良いの？」

「我らは祖先より守護者としてかの森に縛られておりました。それゆえに帝国の弾圧を受けることとなっておりました。しかし、三龍王様が目覚めた今、龍王様方の結界が森を守っております。我らを過去の因習から解き放っていただいた貴方様にお仕えしたく思います」

エルフの族長のセリフに、「あんたら再び縛られに行ってますから！」と突っ込みかけるが、さすがにやめておいた。

「街に行ってみたいよね？」

「そうそう、いろんな服とか楽しみだわー！」

「いい男……捕獲するの！」

「エルフ男みたいなひょろっとしたのじゃなくて、もっとワイルドなのがいいよね！」

女性たちの希望に満ちた言葉を聞くと、エルフたちが因習から解き放たれたように思えた。そのことがよいか悪いのか、俺には判断がつかない。けれど、変わることは必要なのだろうなと思った。ちなみに男性陣がややいじけているがそこはスルーだ。

そして後の世に語られる、「騎士王アレクと石の箱舟」――すなわち、エルフたちを帝国軍の侵略から守り、因習から解放したと言われる美談はこうして生まれた。

実情はかなりグダグダだが、伝説はこうやって脚色されるんだと知れたことは……いいはずに違いない、うん。

そんなこんながあったが、石の箱舟はフェイの飛ぶ速度を上回る速さで南下を始める。

そして俺の第三の眼には、その先に一筋の黒煙が上がっているのが見えていた。

# 第41話　作戦会議

その日の夜、俺たちは戦場にたどり着いた。月も雲に隠れ、篝火だけが明かりとなっている。

さすがに夜戦を行うつもりはないのか、両軍ともに兵は陣営に収まっていた。

幸いなことに、黒煙は防御施設の一つが炎上していただけだった。上空から見ると、レンオアム公爵軍はあらかじめ用意してあった陣に立て籠もり、何とかしのいでいる。

さらに東西に兵を配置し徐々に包囲網を広げている。兵の厚みは時とともに増し、徐々に公爵軍は追い詰められていた。半包囲状態でも圧力をかけ続けられると潰走は免れない。現在、帝国軍の攻勢は止まっているが、攻撃が再開されれば、公爵軍はさらなる消耗を強いられるだろう。

敵陣をみると、ほぼ真北に帝国軍の先鋒が位置しているが、そこには軍装の異なる小部隊が見受けられた。おそらく王国から裏切った小領主の兵だろう。

裏切った小領主たちの兵は互いに隣接しないように分断され、間に帝国の部隊が挟まっている。そして常に最前線に押しやられるように配置されているあたりが実に嫌らしい。

帝国軍の損害を減らしつつ、王国の損耗を増やそうという意図が見えた。

「アレク、ああいうのは常套手段だ。帝国側からしても、裏切り者は扱いづらい。帝国のための犠牲を払った後で初めて認められる……っていうお題目だな」

ベフィモスが憮然とした表情で説明してきた。というか、真っ先に敵に突撃しそうな性格だと思っていたが、意外に冷静だ。

「意外そうに見るな。これでも龍になる前は人間でな。一応王様をやっていたんだよ」

「……龍は生まれつき龍だったのでは？」

「ああ、そういう者もいる。だが俺はお前のように先代の龍王から力を継いだ」

「なるほど……」

「まあ、世間一般じゃ龍とは人の手に負えない存在って言われてる。そういう意味じゃアレクは人型の〝龍〟ってわけだな」

すごく複雑な気分だが、そう言われると納得する。

そうして進んでいくとエルフたちの眼にも戦場の様子が見えてきたのか、彼らは一様に硬い表情をしていた。帝国軍の雲霞のごとく大軍を見て、さすがに動揺があるのだろう。

一方、龍王たちは涼しげな表情だ。それこそ人間の軍勢は一万だろうが百万だろうが変わりはないというわけだ。

「さて、アレクよ。どのように行くかね？　俺の力で局所的に地震を起こし、やつらを生き埋めにしてもいい。リンドブルムの力で、やつらの吸う空気をなくして窒息させてもいいな。いい感じにもがき苦しむぜ？」

「ほう、なればわらわはあやつらを深海の底に送り込んでみせようか。窒息する暇もなく押しつぶされるであろうよ」

なんか怖いこと言いだした。背後のエルフたちはドン引きだ。

「……うん、あんたら俺を一体何だと思ってるんですかねえ？」

ぎろっと睨むと、リンドブルム辺りは少し首をすくめた。

「ボク何も言ってないのに……」

ふっと息を吐くと威圧感を緩める。そして、少し考えをまとめると口を開く。

「ヒルダ嬢。まずは陣営に降りて、俺たちが来たことをお父上に伝えてほしい」

「北からはベフィモス、東からはレヴィアタン、西からはリンドブルムが圧力をかけます。明け方にエルフの部隊を向かわせるので、公爵軍の陣に迎え入れてください」

「え、ええ……伝説の龍王が三方向から攻撃を仕掛けて来るとか、帝国の皆さんからすれば、悪夢ですわね……」

「エルフのみんなの指揮は爺ちゃんに任せます」

「お、おお。任せておけ！」

「おじーちゃんがんばってー！」

爺ちゃんはエイルと遊んでいたので、返答が若干遅れる。さらにエイルの応援を受けて再び目尻がガッツリ下がる。そしてハンカチを噛んでぐぬぬとなっているお義父《ニーズヘッグ》さん。あんたら何やってんだ。

「婿殿、我もアクセルと共に戦おうぞ。何、三〇年前の戦に比べればあやつらなど塵芥《じんかい》よ」

「あー、うん、威圧だけにしておいてくださいねー。あと他の三人もね」

「なぜだ？　徹底的に殲滅すればよかろう。さすれば、やつらは二度と王国の地を踏みはするまい」

ベフィモスが問い返してくる。ただ口元には笑みが浮かんでいるあたり、俺を試そうとしているのだろう。

「それで、生き残りがいれば帝国は再び軍を送り込んできますよね？」

「その都度倒せばよい」

「めんどくさいです。とりあえずここにいる帝国軍二万の心をへし折ります」

「ほう？」

「二万の目撃者がいれば、さすがに全部の口をふさぐのって無理ですよね。それに二万の中には兵だけじゃなくて皇帝もいるって話です」

「……そういうことか。面白い」

この説明でわかってもらえたようだ。これまでさんざん帝国兵を叩き切った後で言うのもなんだが、人死にを少なくすることで、帝国を窮鼠《きゅうそ》にしないようにする。

大きな損害を与えてしまうと、講和が難しくなるだろう。というか、一介の村人だったはずなのになんで俺は、政治的なことを考えてるんだろう……？

「それはだな、我らの力とともにお主に知識を分け与えたから、じゃな」

レヴィアタンがいつもの笑みを浮かべて俺にしなだれかかってきた。反射的に避けると、待機していたナージャがガシッとしがみついてくる。

避ける方向まで読んで待ってるとか、この嫁最高です。

というわけでひとまずの段取りはできた。威圧の方法は任せることにしたが、多分龍の姿で出てくるだけで、帝国軍は恐慌状態になるんだろうなあと思いつつ、最後の一押しの方法が考えつかないまま、白々と夜が明け始めるのだった。

# 第42話　集いし龍たち（第三者視点）

地平線より上った日はあたりを照らしていった。そして帝国軍の陣から驚愕の声が上がる。

「なんだあれは!?」

「岩……？　にしてはでかい」

「なんであんなのが空を飛んでいるんだ？」

指揮官の制止の声もむなしく、軍に動揺が広がっていた。

二〇〇名あまりの人間を乗せ、さらに余裕があるサイズの岩塊が頭上に浮いている。これだけでもかなりの異常な光景だろう。

さらに王国軍は援軍を得ていた。白のスケイルメイルに、紅い光を放つ槍を持つ、英雄アクセルが陣頭に立っている。さらに、精強なエルフの弓兵も援軍に加わったことで、王国兵の士気は天をも衝かんばかりだった。

そしてアクセルと共に並ぶ黒騎士——黒ずくめの軍装に身を包み、槍を持った人物がいた。獰猛な笑みを浮かべ帝国の陣を睨み据えるその姿は異様であったが威風にあふれており、兵を勇気づけている。

「皆の者、こやつはわしと共に戦った戦友じゃ。腕のほどはわしが保証しよう……というかじゃな。わしよりも……強いぞ？」

さすがに王国兵たちもあっけにとられたが、アクセルは不敵な笑みを浮かべ、黒騎士は憮然とした表情で立っている。

エルフの弓兵が矢を放ち、放たれた矢が帝国軍の馬上の騎士を射抜く。

通常は矢が届かない距離に陣を敷くが、エルフたちの強弓はその常識を超えていた。常識外れを目の当たりにした帝国軍は再び動揺し、王国軍は沸き上がった。

そんな中、帝国軍の重装歩兵は、速くはないが確実な歩調で横陣を敷いて王国軍まで迫る。

だが驚くべきはやはりエルフの弓兵だった。

盾や鎧の隙間を的確に射貫く。個別に矢を放っていたかと思うと、いきなり号令もなしに一斉射撃を行い、重装歩兵の前進を止めてみせた。

そこにアクセル率いるエルフの小隊が切り込む。万を超える敵兵相手にもひるまず、当たるを幸いとなぎ倒す。

だが衆寡《しゅうか》敵せず、徐々に帝国軍は王国軍を押し返して行ったが、岩塊が不気味に宙に浮かぶ中、魔力の高まりを感じ取った一人の帝国の兵がつぶやいた。

「え……？　何あれ？」

それは巨大な蛇だった。とぐろを巻いて鎌首をもたげる。それだけで見上げるほどの高さがあった。

「ひるむな！　野生の魔物だ！　それよりもまず王国軍に向かうのだ！」

指揮官の檄に応え、帝国兵たちは前に足を進める。しかし、食らいつかれれば被害を受けるのではないかと、恐れているところに、空中から巨大な羽の生えたトカゲが舞い降りてきた。

トカゲが着地の瞬間にわずかな地響きを立てて、それだけで帝国軍の足が止まりかけるが、恐れつつも、巨大なトカゲを尻目に歩を進める。

とどめとばかりに北から巨大な四足獣が迫ってきた。何かに合図を告げるように咆哮を上げ、その声は全軍を動揺させた。

やがて決戦の時が訪れる。

巨大な獣が背後に迫っているとの情報が帝国軍を大きく動揺させ、足が止まったところに咆哮が轟き、動揺が広がる。

ここで、一突きすれば全軍は崩壊するだろう。

「う、うわああああああ!?」

「なんだ、何が起きたんだ!?」

「というか、あれ龍じゃないのか？」

「落ち着け！　王国のこけおどしだ！」

帝国軍の混乱は極地に達した。それでもこれまでの厳しい訓練が彼らを持ち場に縛り付ける。

足を止めた軍勢の前に剣士が舞い降りた。その背後には魔法使いのローブをまとった女性が寄り添っている。

「う、お、あああああああああああああああああああああ！！！！」

その者から人とは思えないほどの雄たけびが上がる。桁外れの魔力を込めて放たれた咆哮は、万の軍勢を一気にすくみ上がらせた。

ふっと先陣の兵の頭上へ、あの巨大な岩塊が落ちてきていた。もはや悲鳴を上げることもかなわず固まる兵たち。

そしてさらに常識外れの光景を目の当たりにする。剣士が剣を振り抜くと、巨大な岩塊が砕け散ったのだ。

彼らは直感で知った。巨大な岩を砕いたのはこの剣士で、その膨大な魔力は龍王すら凌ぐということも。

「三龍王に告げる！　我が同胞に仇なすものに威を振るえ！」

静かな口調だったがその声は全軍になぜか響き渡った。

「リンドブルム！」

その声に応え、トカゲが強大な風を巻き起こした。

「レヴィアタン！」

同じく声に応え、猛烈なスコールのような雨が降り注ぐ。

「ベフィモス！」

呼び声への応えは、猛烈な砂塵だった。

きらびやかな軍装に身を包んだ帝国兵は、泥にまみれていく。そして、呼ばれた名を聞いて震えあがった。いずれも神とも呼ばれる伝説の龍王だったからだ。

「我が名はアレク。龍の王にして、王国の守護者なり！」

宣言と共に振るった魔剣グラムは衝撃波を生み、その先にあった山の頂を砕いた。

あまりに現実味がない光景に、帝国兵は一瞬静まり返り……恐怖の悲鳴を上げる。

「助けてくれ！」

「神様！　神様！」

「母さん！」

そして名乗った剣士――アレクが再び剣を振るう構えをとると……兵たちは蜘蛛の子を散らすように逃げ始めた。

「逃げるものは追うな！」

この一言で帝国軍は脱兎のごとく逃げ出し始めている。帝国軍史上この時ほど全軍の意思統一が図られたことはなかったと、後に言われることになる。

神話の中の龍が集い、それを統べる勇者が現れた。まさにサーガの一幕のような光景に、王国兵たちもその光景を呆然と見ている。

そして、伝説になるべき場面に立ち会った者として、生き残ったことを感謝して、歓喜の声を上げるのだった。

# 第43話　戦後処理はドンパチするより大変だ

「な・に・を・してくれたんだああああああああああ!!」

王国軍陣営に絶叫が響いた。帝国軍が尻に帆をかけて逃げ出した翌日。親衛隊のみを率いて急行して来たシグルド殿下は、ぜえぜえと息を吐きながらこちらを睥睨《へいげい》する。

「うん、つい調子に乗ってやってしまった。今は後悔している」

重々しく言ったはずだが、なぜかリンドブルムが吹きだした。なぜだ。

ちなみに殿下のツッコミが入るまで俺は、義勇軍の冒険者のみんなにもみくちゃにされていた。

「アレク、立派になって……」

おいおいと男泣きするゴンザレスさんに全員がツッコミを入れていた。

「「「親父か！」」」

「我が国の危機を救ってくれたこと、感謝する」

「戦場に巨大な龍が出てきた上に、山が砕けるとか何事だと思ったぞ？」とはゴンザレスさんのセリフだ。急なことだったんで、前線まで説明が行き渡らなかったんだ。

異変を感じたため、シグルド殿下はワイバーンに乗って単騎でこちらに急行を試みたがワイバーンがおびえて飛べなかった。そのため、足が速い騎兵だけを率いたというわけだ。

こちらに到着したのはちょうど俺がグラムを振るった瞬間で、遠目に見えていた山が噴火でもしたように爆発した。我が目を疑う光景に呆然としていたとぼやいている。

「あー、えーと、それでだ。どうする？　王統を譲るか？」

もういっそ投げやりな表情でシグルド殿下が聞いてきた。

「え？　なぜに!?」

「そりゃなあ、うちとかレンオアム公爵家の権威の源は、龍の血をひいているということが大きかいからな」

「……そもそも龍そのものがいるわ、さらに信仰の対象になっている龍王が出現するわ、それを従えるより上位の存在なんてもんが出てきたとか……」

俺の言葉にシグルド殿下がことさら重々しくうなずく。

「うむ、察しがよくて助かる。そうだな、今の王家はそのまま大公とかになるから、アレク、王として即位するかね？」

からかうような笑みを向けてくるあたり、返答もわかっているのだろう。

「いえ、せっかくですが遠慮します」

「……まあ、そうだよ、なあ」

苦笑いを浮かべるシグルド殿下に、俺もおそらく似たような表情で答える。

「よくわかってくれているようで嬉しいですね」

「わからいでか……だが一つ頼みがある」

「伺いましょう」

「此度《こたび》は、龍王の友となっていた俺の要請で、助けに来たことにしてくれないか？」

「いいですね、そうしましょう。とくに間違ってもないし」

「……お前の功績を奪うようで悪いが……ってよいのか!?」

シグルド殿下は、俺が何らかの要求をすると考えていたらしいが、俺はこれ以上なにもいらない。家族で平和に暮らせるならそれでいいんだ。

「ええ、ぶっちゃけると、俺が前に出てもメリットはないでしょうし。要するに面倒ごとを引き受けてくれるってことですよね？」

「あ、ああ。だが一度は国民の前に出てもらうぞ？」

「……そこは仕方ないですね。ただ、なるべくなら俺だとわからないようにお願いしたいです」

「ふむ、配慮しよう」

というあたりで、龍たちが現れ、俺の前で跪いた。

「我らが主よ。代表してベフィモスが申しあげる。称号を貴方にお返ししたい」

「称号？」

「そう、全ての龍を統べしもの。神龍王〝バハムート〟の名前だ」

「バハムートは、ベフィモスの異称では？」

「俺個人の名前としてはベフィモスで、バハムートが称号となる」

「へえ、そうなのか」

「であれば、その称号の授与を国民の前でやってくれまいか？」

シグルド殿下がさらっと割り込んでくる。なんだかんだでこの人もいい度胸をしているな。

「ほう！　それはよい！　わらわの主をお披露目できるということじゃな？」

まってくれ、顔出しはできないって言ったよね？

「そこはあれじゃ。主殿は地味な顔だからのう。パリッと正装に身を包めば誰もわかるまいよ」

さらっとレヴィアタンが俺をディスる。

「ふむ、あとは多少化粧でもしておくか。それで印象も変わるだろう」

「そうそう、そういうことじゃ！　さすがわが主の盟友よな」

「龍王の中の龍王に褒められるとは面はゆい」

なんか盛り上がり始めた。こうしてなし崩し的に戦勝パレードとやらに参加することになったようだ。

帝国軍の敗走と龍王の降臨。そして新たに神龍王バハムートの称号を継ぐ者が現れた。

この情報というか噂というか、いっそ流言？　は大陸の隅々まで恐るべき早さで広まっていったのである。

# 第44話　結婚式とパレードと

さて、なぜか俺たちは神殿の中にいる。

このたびの帝国軍撃退と講和条約締結を祝し、迎撃を主導したシグルド殿下と、レンオアム公爵令嬢ヒルダの結婚式が執り行われていた。

「あー、シグルドよ。汝はヒルダを妻とし、互いに守り、慈しみ、愛し合うことを誓うか？」

「無論だ！」

「殿下、アドリブはやめてください」

「……誓います」

なぜか神父というか、立会人は俺である。先日仕立てた黒の礼服は、このためだったらしい。ついでというか、赤のドレス姿で高そうなティアラをかぶっているのが我が妻たるナージャである。俺の隣で笑みを浮かべながら式を見守っていた。

「えーと、ヒルダよ。汝はシグルドを夫とし、互いに守り、慈しみ、愛し合うことを誓うか？」

「はい、誓います」

うん、こっちは普通だった。

「なれば、龍王の前にて宣誓を！」

「『リンドブルム様。我ら夫婦として、互いに助け、慈しみ、愛し合うことを誓います』」

「はい、頑張ってねー」

「『レヴィアタン様。我ら夫婦として、互いに助け、慈しみ、愛し合うことを誓います』」

「うむ、汝らに祝福を」

「『ベフィモス様。我ら夫婦として、互いに助け、慈しみ、愛し合うことを誓います』」

「ああ、似合いの二人だ。お主らの先行きに幸多からんことを」

祭られている龍王本人が降臨しているため、直接誓いを立てるという前代未聞の式となった。本来はそれぞれの像に向かって誓いを行うわけだが、本物がいるから、じゃあ直接やりましょうって話になった。まあ、権威付けとすれば最大の効果があるよね。

拍手を送る招待客の中には、ゴンザレスさんたちもいる。「帝国軍迎撃の際に最前線で奮戦した功を認めて」とあるが、単純に俺が理由だろう。俺の親しい人も無碍《むげ》にはしないということだ。

結婚式の後はパレードで、その前に龍王たちが俺に忠誠を誓うという式典があった。

「「「我らが主に祝福あれ！」」」

三龍王が膝をつき、俺に向けて礼をとる。これは茶番でしかないけども、権威は時に馬鹿にならない効果をもたらす。

隣にいるナージャは、メイドたちによってメイクアップされ、もともとの美人が、さらに綺麗になっている。

シグルド殿下は白馬に跨《また》り、ヒルダ嬢をお姫様抱っこしてパレードの中ほどを移動し始める。まあ、ある意味主役だしな。

そして俺は……ベフィモスの背中の上だ。左腕には蛇の姿のレヴィアタンが巻き付き、肩の上には鳥の姿のリンドブルムがくっついている。隣にはナージャとエイルが座っていた。儀仗《ぎじょう》兵《へい》よろしく隣に騎馬で並走しているのは、ニーズヘッグと爺ちゃんだ。ちなみに、ニーズヘッグの復活は伏せられている。あの戦いを経験した人々はまだ多くいるので、人心を騒がせることになりかねないというわけだ。

人型の龍王が現れ、帝国との戦を勝利に導いたことと英雄アクセルの帰還に、王都の市民は沸き立った。

王国の守護者とか持ち上げられているが、俺は俺の都合で戦っただけだ。だから王国すべてを守るような守護者とかは荷が重すぎる。

政治的に利用していいと、俺はシグルド殿下に確かに言ったが、予想を上回る徹底っぷりに、呆れすらしていた。それでも俺は、笑顔で沿道の市民に手を振るのだった。

# 第45話　名誉騎士

パレードの最中、子供が出てきてベフィモスの足にしがみつくというトラブルはあったが、

「幼子よ、そなたはこの国の未来である。そなたの前途に幸あらんことを」

と子供を祝福したため、ベフィモスは祝福を求める群衆に取り囲まれた。

三龍王がアドリブで、セリフを王都の民よと言い換えてそれっぽく宣言し、レヴィアタンとリンドブルムの力で虹をかけた。

さらにベフィモスが地面に魔力を流すと、街路樹が季節外れの花を咲かせる。薄桃色の花びらが風に舞い踊り、空を見上げれば虹がかかる光景は幻想的で、龍王の祝福を得たこの国の前途を祝しているようだ。

その光景を見たナージャは、ティルの村に伝わる歌を口ずさむ。

リンドブルムがその歌声を周囲に響かせると、周囲の光景と美しい歌声に市民たちは夢見心地になっていた。

パレードの後の式典では、戦いの功労者が次々と呼ばれ褒賞を受け取る。金貨であったり爵位であったり、領土であったりと内容は様々だ。

ゴンザレスさんも呼び出されたが、がちがちに固まっていて、思わず吹き出しそうになった。

ゴンザレスさんは、騎士の位を打診されたが断ったそうだ。本人の希望で位ではなく、報奨金にしたらしい。

ちなみに、裏切り者の貴族の処遇は、当主交代や領土の没収、罰金などその罪に応じて個別に下されるそうだ。

俺にも褒賞があるということだが、一度は断った。しかし、最大の功労者である俺にまったく報酬がないとなればそれはそれで示しがつかない。

三龍王の提案で、名誉職的な称号をもらうことになった。それとは別に、グラムは元々王家の財宝なのだが、それを改めて授与されるということで話がまとまった。

「最後に、龍王を従えし、帝国軍を破った英雄……」

ここでシグルド殿下は言葉を切る。その沈黙に、場の緊張感が高まっていった。

「……我が友、アレク！」

我が友って……まあ本音だろうけれども、ずいぶんと大げさだな。

「はっ！」

俺は進み出てシグルド殿下の前に立つ。

「アレクよ、お主の望みを聞きたい。我が国はお主に返しきれぬほどの恩を受けた」

「我が住処は王国にある。俺はその住処を守っただけのこと」

「それは理由であって結果ではない。重ねて問う。お主に報いるに何をもってすればよい？」

「であればこれ以上の固辞はかえって無礼に当たるだろう。御身の心のままに受け取ろう」

諸侯は固唾《かたず》を呑んで見守っていた。少し間をおいてシグルド殿下が口を開く。

「されば……名誉騎士の称号を授与する。そして、その称号にふさわしき剣を授与しよう」

「ありがたきお言葉。名誉騎士とはいかなるものでしょうか？」

「たった今決めた。国難を救う働きを見せた者に授ける称号とする」

その理屈で言えばアクセル爺ちゃんも当てはまるんじゃないかなーと思ったが、国に仕えている者とは立場が違うということになったそうだ。

「お受けしましょう」

「名誉騎士の佩剣《はいけん》としてこのグラムを授ける」

この言葉に会場がどよめいた。王家の重宝で、これまで王位継承者にしか持つことを許されていなかったからだ。

「拝領いたします」

この剣は一定以上の魔力と、龍の血をひく者にしか鞘から抜くことができないと言われている。そして俺は受け取った剣を抜き放ち、掲げてみせる。

グラムが俺の魔力を帯びて赤い閃光を走らせると、どよめきは歓声にかわり、万雷の拍手が会場を満たした。

# 第46話　その後

とりあえず王都でのごたごたは終わった。パレードと式典から早くも二か月が経過している。

ベフィモス達は人の姿でこの国を見て回るつもりらしい。

「アレク、俺たちはお前さんの、うーん……戦友とでもしておこうか。困ったときはいつでも呼んでくれ」

「ふふ、わらわの眼にかなう殿方はいるかの……？」

「美味しいものを一杯探してくるよ！」

三者三様の言葉を残して彼らは旅立っていった。

＊＊＊

家に帰ってからナージャは、ソファに横になってくつろいでいた。

「んー、やっぱり家は落ち着くねー」

「うゆー、ふかふかのクッション欲しい」

お気に入りのクッションが無くてちょっと寂しげなエイルにフェイが声をかけた。

「エイルさま。こちらにどうぞ」

「ふにー、フェイふかふかー」

エイルは王都にいた頃の部屋のクッションがお気に入りだったようだが、今はフェイの羽毛に埋もれて笑顔だ。

ジーク爺さんは村人から推されてティルの代官になった。俺が代官職を辞退したためだ。

「引退しようと思っておったのにのう……」などとぼやいているが、恩給が出ることもあり、住み慣れた村の生活を楽しんでいるようだ。

アクセル爺ちゃんは王都で騎士団の指南役に任命されたらしい。

黒龍戦争の頃の訓練を再現したと嬉しそうに語っていた。その背後には騎士たちが死屍累々とぶっ倒れていた。救いを求めるような騎士たちの視線に耐えきれず、俺は「その苦労が君たちを強くする」などと心にもないことを言ってその場から逃げた。

北の森は開拓されることになり、例の造反貴族たちが着の身着のままで放り込まれた。逃げれば即座に犯罪者として処刑されるので、必死に働いているようだ。

あまり追い詰めてもよくないので、討伐依頼を受けた冒険者を派遣したり、開拓作業の補助として、入植希望者を派遣し、将来に一縷《いちる》の望みを持たせている。考えようによっては非常にあくどいが、自業自得だろう。

ギルドには、国からの常設の依頼として森の魔物討伐が入っており、先般の魔物襲撃の影響で報酬が高く、冒険者が多く集まってきた。

そのため、仮設だったギルドの出張所が正式に設置され、見慣れた受付嬢のチコさんが正式に駐在することになった。

ゴンザレスさんのパーティも本拠をこっちに移すらしく、先日の報奨金をつぎ込んで、パーティの拠点を建設中だ。ゴンザレスさんの奥さんのクレアさんが、建設を手伝っている冒険者にお茶を出していた。

ティルの村の北東にあった陣地跡には砦を造ることになり、これに伴って近隣の村は好景気に沸いている。

そしてこの砦の責任者として、シリウス卿が赴任してきた。シリウス卿は平民出身でありながら近衛隊長を務めた期待の若手であり、軍一番の槍の遣い手ということで、正式に将軍となった。ちなみに副官はニーナという女性だ。実家は子爵家だが、一人娘のニーナは婿を探しているらしい。

砦では、シリウス卿がニーナさんに軍服の襟元を直される姿がしばしば目撃されており、兵たちからシリウス卿にも春が来たと祝福をされていた。

ジーク爺さんが砦に赴いたときに「ひ孫の顔を見るのが楽しみだわ」と発言し、ニーナさんの顔が真っ赤になっているのを見て「別に誰にとは言うておらんのだがな」とニヤッと笑っていたそうだ。

そんな中先日、ヒルダ嬢が懐妊したとの知らせが入った。あの二人の睦まじさなら納得である。

「何かお祝い贈らないとねー」

「そうだなあ、何がいいかな?」

「お守りとかどう？」

「うん、というか俺たちがやると、高レベルの装備品になりそうな……？」

「ま、いいんじゃない？　あの二人にはお世話になったし」

「だな。んじゃなんかやってみるか……」

ふと思いついて指先を傷つけ血をにじませる。

その血はドラゴンの魔力を多く含んでいる。魔力を凝縮してゆき、それをルビーに封じ込めた。血の赤みが広がり、ルビーの赤みが増してゆく。

その宝石はドラゴンブラッドのアミュレットとして、王太子夫妻とその生まれてくる子供のお守りとして贈った。

その効力の強さにひと騒動起きるのは、また別の話である。

＊＊＊

そんなこんなで、俺たちは平穏な生活を取り戻したのである。

俺は今日もナージャとエイルの三人でベッドに入る。この平和が少しでも長く続くことを祈りながら――

《了》

# あとがき

どうも、響恭也と申します。初めましての方も、おなじみの方も、どうぞよろしくお願いいたします。

さて、今回は「小説家になろう」の方で連載していた作品が書籍化ということで一二三書房様よりお話をいただきました。

八月下旬にプロットを書いて、そのまま勢い任せに書き始めたのですが、幸運にも一定の人気を得ることができまして、書籍という形をもって世に出すことができたのは、応援していただいた皆様のおかげです。本当にありがとうございます。

まずあとがきから読んでいるあなた。そのままレジへ向かいましょう。損はさせません。サイト投稿時から大幅にブラッシュアップされ、さらに美麗なイラストも付いてこのお値段。実にお買い得です。

この作品のコンセプトは、ど真ん中ストレートなヒロイックファンタジーで、スパイスとして純愛をちりばめております。

都会で夢破れて帰ってきた若者をふるさとは温かく迎えてくれ、幼馴染のあの子は待っていてくれた。なんかいいですよね？　あえてヒロインを一人に絞り、ハーレムにしないことで人気が出たんじゃないかなーとか勝手に分析しています。

そういえば元号が変わりました。ブレイブ文庫の令和初の作品ということで、記念すべきことだと思っております。

令和はどのような時代になるのかまだわかりませんが、良い時代になったらいいなーと思う次第です。

さて、最後になりましたが、響の誤字脱字だらけの文章を見事に読みやすく、細かいところまで気を配っていただきました担当のM様。

美麗なイラストでこの物語に形を与えてくださったまふゆ先生。ぼんやりとした指定からふんわり可愛いナージャとエイルを描いてくださいました。

そして書き始めからアドバイスをくれた作家仲間の皆さんと、この本を手に取ってくれたすべての読者様に心より感謝の言葉を送りたいと思います。本当にありがとうございました。

かなうことならば二巻のあとがきでお会いできれば幸いです。

令和元年　五月　響　恭也

BRAVENOVEL
ブレイブ文庫

# スキル0《ゼロ》冒険者の俺、結婚して龍王の騎士となる

2019年5月28日　初版第一刷発行

著　者　　響 恭也

発行人　　長谷川 洋

発行・発売　株式会社一二三書房
〒102-0072
東京都千代田区飯田橋2-14-2雄邦ビル
03-3265-1881
https://bravenovel.com/

印刷所　　中央精版印刷株式会社

■作品の感想、ファンレターをお待ちしております。

■本書の不良・交換については、電話またはメールにてご連絡ください。
一二三書房　カスタマー担当　Tel.03-3265-1881
(営業時間：土日祝日・年末年始を除く、10:00～17:00)
メールアドレス：store@hifumi.co.jp

■古書店で本書を購入されている場合はお取替えできません。



■価格はカバーに表示されています。

■本書は小説投稿サイト「小説家になろう」(http://syosetu.com/) に掲載された作品を加筆修正し書籍化したものです。

Printed in japan.
ISBN 978-4-89199-548-5